ラファエッロ《システィーナの聖母》

1512〜13年頃　ドレスデン絵画館　カンヴァスに油彩　264×195.5cm

ЗЕЛЁНАЯ ЗАНАВЕСКА

緑色のカーテン

――ドストエフスキイの『白痴』とラファエッロ――

冨岡道子

未來社

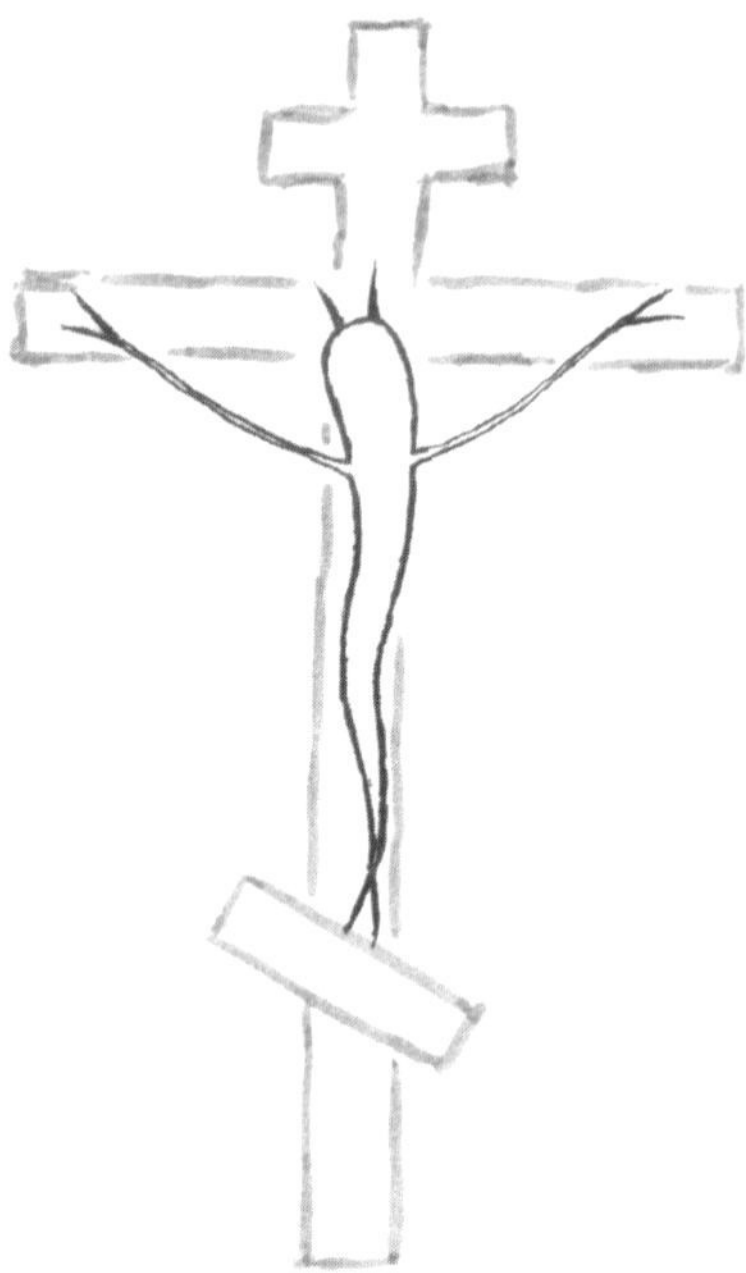

「身をくねらせた怪物」〈想像図〉
〈イラスト＝冨岡道子〉

緑色のカーテン——ドストエフスキイの『白痴』とラファエッロ／目次

［付］

緑色のカーテン——ドストエフスキイの『白痴』とラファエッロ

凡　例

＊テクストは、Ф. М. Достоевский, Полное собрание сочинений в тридцати томах, т. 8《Идиот》, Наука, Ленинград, 1973。引用訳文は、新潮文庫『白痴』上・下巻、木村浩訳、1970年による（一部訳語変更）。

＊ドストエフスキイの作品のうち、『白痴』以外からの引用訳文は、新潮社版ドストエフスキー全集による（一部訳語変更）。

＊引用文中の、傍点、（　）、……等は、特に断らない限り、原文のまま。＜……＞は引用者による省略を示す。

＊日付は、特に断らない限り、ロシア暦。なお、ロシア暦（ユリウス暦、旧暦、1918年前使用）は、新暦（グレゴリー暦）よりも、19世紀で12日、20世紀で13日早い。即ちドストエフスキイ夫婦らがヨーロッパ滞在中に（新暦と断らずに）使用する日付を、19世紀の西欧の日付に直すには、12日加える必要がある。

＊記号『　』は書名に、《　》は絵画名および外国語書名に使用。但し、引用訳文中の《　》は、テクストの中で強調、会話等に使われているものであり、筆者もそのまま使用した箇所がある。

I

わたしたちは、見えるものにではなく、
見えないものに目を注ぐ。
見えるものは一時的であり、
見えないものは永遠につづくのである。
（コリント第2・4・18）

1　プロローグ

人と話すとき、私はつい相手の眼ばかり見つめてしまう。だから、あとでその人がどんな服を着ていたか思い出せない。まして足元などは見ない。

ところが絵を観るときは違う。絵といっても具象画のことだが、妙に細部が気になる。画面に字などあれば、まずそこへ眼がいく。隅の方、暗い部分、衣服の文様、雲の動き、床の上にこぼれた何か小さなもの等々、みな大切である。無くもがなの場合でも、作者はそれらを意味なく描いてはいないのだから。もちろん中心や全体像をおろそかにするわけではないが、画集に頼れない細部は実物でこそ確認しておきたい。もっとも、日本の特別展会場などは人の山で、画面の上部だけ、隅っこだけしか見えないことが多いから、カタログはよく売れるし、鑑賞法にも変な癖がつくという事情はある。できることなら、近寄ったり離れたり、角度を変えたり、日を改めたりして、ちょうど画家の制作中の態度で眺めたいものだ。ただし、許されたところで、そんな暇はないかもしれない。

画集の良否は主に色彩によってきまるのだろうが、トリミングの有無にもよる。壁画ならともかく、額縁に入る絵をわずかでもカットすることは、画家に対する冒瀆であり、鑑賞者の判断を誤らせることにもなる。しかし、これが非常に多い。五ミリのカットでも、残ったものは全体ではない、部分である。ところが相当にカットしてあっても、何の断り書きもないのが普通で、「部分」と表示してあるのは、たいてい一部分を拡大してあるときだけだ。大げさに言えば、これは原画に接していない人に対する一種の詐欺行為である。ただ、被害者は一生気がつかないから裁判沙汰にはならない。

文学作品についてはどうか。一見、だらけていても、作家は一語一語に心をこめているはずである。ひとくちに行間を読むというが、深読みをする前に、不用意に見落としてはいないか。何でもないところに深い意味が隠されていたりする。繰り返しが多い、冗長だ、などときめつけないで、作家の立場に立ち、なぜそうなのかをこそ推し量るべきではないだろうか。例えば、我々の日常会話をそのまま活字にしてみると、とても読めたものではない。繰り返しは多いし、すぐ脱線する。しかし、それが現実である。現実の我々は、繰り返すことによって何かを強調し、脱線することによって心の動きを相手に伝えているのだ。美しい文章語である前に、作家はその現実をこそ読者に伝えたいときもあろう。それが作者の意図した効果を発揮するかどうかは別として。

翻訳という仕事も、結果としては画集の編集に似てくるかもしれない。こちらは余分なものが加わったりする。ほんのわずかな違いから、全体の印象まで変わってしまうこともある。やはり原作でこそ、ということになろうか。まったく翻訳とは重要かつ困難な作業にもかかわらず、はなはだ報われない仕事ではある。

いずれにしても、あらゆる芸術作品の理解には、時代背景はもちろん、作者自身を知ること、特に作品成立時の生活状況や心理状態の把握が大切なことは言うまでもないことだろう。

ドストエフスキイの『白痴』は、ラファエッロの《システィーナの聖母[図1]》から想を得て書かれた、『白痴』の成立にはこの絵が深く関わっている、と私はとらえている。『白痴』の謎の部分と作者の足跡を追っていくと、自然に《システィーナの聖母》が浮かび上がってきた。初めからこの絵が頭にあったわけではない。どこかで見たことがある、ぐらいの認識でいた。それが今では隅々まで頭の中に入っている。残念ながら、長編小説のほうは複雑すぎて、つかまえるそばから逃げられてしまう。よくもこれだけネットを張りめぐらしたとあきれるほどの脳細胞構造である。

「絵は見る人を通して生きている。」これはピカソの言葉だそうだが、この簡潔な一句のもつ意味の深さに身震いがする。絵だけではない、すべての芸術に、

〔図１〕 ラファエッロ《システィーナの聖母》

1512〜13年頃　ドレスデン絵画館　カンヴァスに油彩　264×195.5cm
制作年代は1512〜17年ぐらいまで諸説ある。

いや、ありとあらゆる分野に当てはまるように思う。一つのものに千差万別の見方があって当然だし、それでこそ対象が生きるのだろうが、無生物のもつ生命、その生命への畏敬といったことにもつながり、ものの見方に対する責任感に身がひきしまる。ここでは「生きてくる」ではなくて、「生きている」という現在進行形でなければならない。それは過去、現在、未来、永遠に「生きている」のだ。

≪システィーナの聖母≫の前に立ったときのドストエフスキイの気持ちになりきることは不可能でも、次第に彼の心理状態が見えてきたと感じたとき、この絵は彼に語りかけたであろうように私にも語りかけてくれた。ドストエフスキイの写真や肖像画の眼を見つめていると、その眼差しは恐ろしいほどに何ごとかを訴えかけてくる。その眼はなんと多くを語ってくれたことか。特に「深い喜びと幸福の表情が出ている」と夫人が推奨する一八八〇年の写真［図2］の眼は、見つめれば見つめるほど見つめ返してくる。その眼差しは常に私の周囲にあり、どこへ行くにもついてきて、私は何か彼に頼まれごとでもされているような気になったものである。

〔図2〕フョードル・ミハイロヴィチ・ドストエフスキイ（1821〜1881）

写真　1880年　バノーフ撮影

1880年6月6日、モスクワでのプーシキン記念祭の折、有名な講演を行なったあと撮影されたもの。58歳（死の7ヶ月前）。

2　緑の迷路

『白痴』はドストエフスキイの五大長編[*1]の一つで、ヨーロッパ滞在中の一八六八年に書かれた。『罪と罰』ほどには読まれていないし、『カラマーゾフの兄弟』ほどの評価も得ていないが、作者が全著作中とくに愛していた作品である。失敗作とも、不思議な作品とも言われ、自分でも失敗を認めながら、なぜそれほど愛着をもっていたのだろうか。私にはそれが疑問の第一点であった。

　ドストエフスキイは読者の注目が得られなければ、すぐに失敗を宣言する。その落胆ぶりは気の毒なくらいだが、反省はしても弁解めいたことは言わない。当たり前かもしれないけれど、あくまで非は自分にありとする。しかし『白痴』の場合、本当に失敗と思っていたか疑わしい。彼にとっての不運は読者に対する「仕掛け」の計算が狂ったからで、無論それも失敗の一つではあるが、心中大いに自信作だったのではないか。読者にだって責任はあるのだ。

　『未成年』（一八七五年）の創作ノートの中に、次のような興味深い一節[*2]がある。

＊1　5大長編：『罪と罰』、『白痴』、『悪霊』、『未成年』、『カラマーゾフの兄弟』を指す。

＊2――興味深い一節：新潮社版ドストエフスキー全集27、p.74。日付は1874年10月14日。（以下、新潮社全集からの引用は、「全集○○」と略記する）

十月十四日

小説の進行のなかで以下のふたつの規則をかならず守ること。

規則一。『白痴』や『悪霊』でおかしたような誤りを避けること。つまり、真実を直截に説明せず、かわりに、（たくさんの）二次的な事件を、最後まできちんと言い切らずにほのめかすいかにも小説じみた形で描写し、出来事やさまざまの場面のなかで、長大なスペースをとって延々と引きのばし、そのくせ説明は少しもせず、推測やほのめかしで示した、そういう誤りを避けること。それらは二次的なエピソードなのだから、読者のそんなに大きな注目には値しなかったのだ。そしてそういうやり方をしたために、読者は脇道へとそらされてしまい、大道を見失い、注意力がこんがらかってしまった、まさにそのために、中心的な目的は、かえって、解明されず、ぼやけてしまったほどだ。（規則二は省略）

『白痴』完成後六年近くたっての述懐である。かなりしつこく後悔していたらしい。他作品のノートに、突然苦い思い出がよみがえったように挿入されている。書き残しておくような内容ではないから、よほど戒めにしたかったのだろう。何かにつけて思い出しては頭をかかえていたのではないか。「規則」とか「かならず」とか、子供っぽく自分に言いきかせている。

　計算しつくしたはずなのに、ドストエフスキイは、読者の関心をひくことに熱心なあまり、とかく結果に誤算を生じさせてしまう。自分の小説作法の欠点を充分に承知していながら、どうしても改めることができない。上記の文章にしても、じれったいくらい具体的な説明は抜きで、相変わらずほのめかしてばかりいる。それならこちらで「解明」したくもなる。とにかく、この反省メモによる限り、『白痴』を普通に読んでいたら「脇道」にそれてしまう、と言うのだから。迷路に踏み入らないためには断然「注意力」が必要らしい。

　初めてこの小説を読んだのはそれほど古いことではないのだが、最初から首をかしげてしまった。とりわけ、作品の中にばらまかれた「緑」が気になって、放置しておけなくなった。調べていくうち、謎が解けてくるのと作品の魅力が増してくるのが同時であった。これでよいのかと心配になった頃、このメモを発見し、それが不安を取り除いてくれたのである。

　『白痴』の「中心的な目的」は「完全に美しい人間」を描くことにあった。しかし、このテーマはドストエフスキイが長年あたためてきた、大切な、難しいテーマであり、外国で書きたくはなかった。それは手紙[＊3]にも洩らしている。『白痴』に限らず、書くためにはロシアの現実とロシア人を必要としたからである。やむなく出かけたヨーロッパから帰国するには、最低五千ルーブリは稼がねばな

＊3——手紙：アポロン・ニコラーエヴィチ・マイコフ宛、ジュネーヴ、1867年８月16日付、他。

らない。好評を博して単行本が出せるような、『罪と罰』以上の収入をもたらすようなテーマとして「これしかなかった」のだ。ぜひとも成功させたいのに、眼の前にあるのは嫌いな外国の現実ばかり。だが、そこにはルネッサンス美術の、今にも動き出しそうな、生き生きとした人物群像があった。作家は比類ない想像力を駆使して、彼らに生命を与え、小説の舞台に登場させ、再び帰るべきところに帰したのではないか。『罪と罰』のマルメラードフが言うように、人間には帰るところがなければならない。

《システィーナの聖母》は、《サン・シストの聖母》、《聖シクストゥスの聖母》などとも言われ、ピアチェンツァにあるシスティーナ礼拝堂の祭壇画として描かれた。ラファエッロの数多い聖母子画のなかでも円熟期の傑作である。この絵が私の前に立ち現れたきっかけは、『白痴』に目立つ「緑」というキーワードであった。キーカラーと言った方がよいかもしれない。ドストエフスキイという作家は、作品のなかで自分の思想の代弁者たる饒舌人間たちを右往左往させるのに忙しく、とても自然描写や色彩などにかまってはいられない。だから『白痴』にちりばめられた「緑」は、ある確かな意図をもって使われているに違いないと直感した。「緑」に対する疑問が第二点として、というより最大の謎として出てきたわけである。この「緑」に導かれて、私はラファエッロのマドンナ《システィーナの聖母》にめぐりあったのである。

第三に不可解な点をあげるなら、女主人公の死によって幕を閉じるこの長編を、作家は構想中の非常に早い時期に、最愛の姪ソフィヤに捧げることに決めてしまった、それも彼が最重要とするこの悲劇的結末を構想したあとで、という事実である。手紙[*4]で伝える嬉しげな様子から、彼女に捧げるという行為には、自ら興奮するような強い動機が潜んでいると考えた。他にも謎めいた部分は数え切れない。読み返すたびに新しい発見のある小説といえる。

私はドストエフスキイの作品を決して推理小説的に読んでいるわけではない。それどころか、いじらしいくらい真剣な作品を、きわめて素直に読んでいるのである。ごたまぜに近いほどあらゆる出来事が行き交い、読む者の喉が痛くなるほど主な登場人物がしゃべりまくり、それこそ謎がばらまかれているのも、あるいは、落語的なユーモア、歌舞伎的なないまぜやどんでん返し、夢幻能的な幻想の世界まで感じさせられるのも、読者の注目を集めるための手段であり、結局は彼の思想を後世に遺産として残したいがための方策であろう。書くためには生きねばならず、生きるためには稼がねばならず、稼ぐためには読者の注目を集めねばならず、彼はエンドレス・テープのように自転車操業を強いられていたのだ。金銭にしても、余分は不要で、あれば貧しい人々を援助したかった。作家が最も苦しい時期の作品にこそ、謎がより多く仕掛けられていそうなことは充分予想されるのである。

＊４――手紙：ソフィヤ・アレクサンドロヴナ・イワーノワ宛、ジュネーヴ、1867年９月29日付。

ちょっと脱線するが、探偵小説中の古典、シャーロック・ホームズものの第一作『緋色の研究』の中で、作者はホームズに「弱ったな。説明のほうがかえってむずかしいくらい造作もないことなんだがな。二と二でなぜ四になるか証明しろといわれたら、君だってちょっとまごつくだろう？　四であることはまぎれもない事実なんだけれどもな」（延原謙訳）などと、ドストエフスキイお馴染の数字を使わせている。そして警視庁のレストレードは、『白痴』のレーベジェフよろしく「もみ手」をしながら何か聞き出そうと近づくのである。コナン・ドイルがこのシリーズを書くに当たり、ドストエフスキイから何らかのヒントを得たかどうか、まだ調べてみたことはないけれど、ドイルの主人公とドストエフスキイは、風貌はまるで違うが、共に天才的頭脳の持ち主で犯罪研究家という点がなかなか面白い。脱線とは言ったが、私は「緋色」ならぬ「緑色の研究」に首を突っこんでいるのだから、どこかで線がつながっているだろう。何しろ赤と緑は補色の関係にある。

ともあれ、≪システィーナの聖母≫と「緑」を軸に、ドストエフスキイとルネッサンス美術との関わりを踏まえて『白痴』を分析していくと、ほとんどの疑問は解けてきた。その結果、私にとってこの作品が非常に魅力的なものに変わったことは間違いない。

3　ドストエフスキイとラファエッロ

十六世紀イタリア・ルネッサンスの巨匠ラファエッロ・サンツィオ（一四八三－一五二〇）と、十九世紀ロシアの文豪フョードル・ミハイロヴィチ・ドストエフスキイ（一八二一－一八八一）とを、単純に、生活者として比較してみると、これほど極端な例も珍しい。

ヴァザーリ[*1]によれば、ラファエッロは優美にして謙虚、勤勉にして礼儀正しく、穏やかでいかなる人からも好感をもたれ、たぐい稀な美徳の持ち主ということになる。そのうえ天才ときては、そんな人がこの世にいるかと疑われるが、自画像［図3］が不信感を除いてくれる。女にも紛う優しい風情で、気難しさなど微塵も感じさせない。漁色家であったという点は、美しい頭部を支える力強い首の太さがそれを証明しているようにみえる。

あふれる才能に加え努力家であり、教皇[*2]の寵愛を得て富と名声を集め、王侯のように暮らしたという。外出には五十人ものお供が敬意を表してついて行ったと

＊1――ヴァザーリ：Giorgio Vasari（1511－74）、イタリアの建築家・画家・美術史家。『美術家列伝』（1550年）の著者。

＊2――教皇：ユリウス2世（Julius II, Giuliano della Rovere 在位1503～13）とレオ10世（Leo X, Giovanni de Medici 在位1513～21）。
ユリウス2世はミケランジェロびいきで、レオ10世はラファエッロびいきだったといわれる。

（図３）

（図４）

〔図３〕 ラファエッロ≪自画像≫

1506年頃　フィレンツェ、ウフィツィ美術館　47.5×33㎝　23歳ごろ

〔図４〕 ラファエッロ≪アテネの学堂≫（前景右隅の部分）

1510～11　ローマ、ヴァチカン宮殿　署名の間
鑑賞者に視線を向けているのが画家本人。

か、奇しくも誕生日と同じ四月六日の聖金曜日に独身のまま早世したとか、ヴァザーリが「死すべき神」という表現まで使っているように、ラファエッロにはどこかキリストを思わせるところがある。

やさしい両親の一人息子だった。八歳で母を、十一歳で画家の父を失ってはいるけれど、当時としてはそう早くはないであろう。不機嫌な顔を見せたことがないというのだから、怒りの表情など想像することは難しい。人々に慕われ、動物にもなつかれたそうで、神がくだされたひとり子のようである。三十七歳の死は惜しいが、この時代ならそれほど夭折ともいえない。

しかし、モンタネッリ、ジェルヴァーゾの『ルネサンスの歴史』によれば、「醜いもの、下品なものは生理的に我慢できなかった」というから、割引きも必要だろう。壁画の群像の中に自分がひょっこり顔を出す[図4]ユーモア（但し、当時としては画家のサインがわりにもなる）も持ち合わせ、大勢の画工を使いこなす実業家センスの持ち主でもある。謎絵の達人ともいわれる。

一方、ラファエッロの明るさと富裕とは正反対に、ドストエフスキイには常に暗さと貧窮がつきまとう。軍医からモスクワの慈善病院の医師となった厳格な父と、商人の娘でしっかり者の優しい母の間に次男として生まれ、薄暗く狭苦しい病院の官舎に大家族[*3]で住んでいた。父は非情かつ激しい情欲の人で、ドストエフスキイは母が苦しむのを見て育つ。その母は信仰心、同情心ともに厚く、そっと

＊3――大家族：父ミハイル・アンドレーヴィチ（1789－1839）、母マリヤ・フョードロヴナ（旧姓ネチャーエワ）（1800－37）、長男ミハイル（1820－64）、次男フョードル（作家本人）、長女ワルワーラ（1822－93）、三男アンドレイ（1825－97）、次女ヴェーラ（1829－96）、四男ニコライ（1831－83）、三女アレクサンドラ（1835－89）、保母・アリョーナ・フローロヴナ、他。ただし作家の寄宿学校入学時には末妹は生れていない。保母のほかに、乳母、小間使い、料理女、洗濯女、下男、御者といった使用人がいたらしい。

施しをする人であった。一つ違いのおっとりした兄とは仲がよく、寄宿学校（中学課程）も一緒だった。のちに父の命令でペテルブルグの中央工兵学校（士官養成エリート校）へ入学させられ苦痛の日々を送ることになるが、子供たちを育て上げた明るく陽気な保母はお伽噺の名人で、たくさんのお話をきかせてくれた。母の死後、父は飲んだくれ、農奴の憎しみをかって殺される。[*4] それだけでも異常な体験であるのに、自身は死刑宣告[*5]、監獄生活[*6]、癲癇発作と、あらゆる苦難を背負い、常に死と背中合わせに生きてきた。そのうえ赤貧の身で大勢の扶養家族[*7]を抱え、借金暮らしの一生だった。

人間はこのような労苦を忍び、この時代に五十九歳[*8]まで生きられるものなのか、余程しんは丈夫だったのかもしれない。それに世に残すべきものを残さなければ、彼は決して死ねなかったのだ。三十七歳までに完成していたラファエッロに対し、ドストエフスキイがその歳で世を去っていれば、後世に大作家として名を残すことは難しかったであろう。不公平なようで、神はまことに公平である。彼は、必要な寿命と、二度目の妻アンナという素晴らしい伴侶を授かったのだから。

ドストエフスキイの写真や肖像画は、十字架を背負わされた人のような苦悩をにじませたものや、素朴なロシアの農夫風のものが多い。どうも笑顔は想像しにくい。持病のせいで極端に気分が変わる。神経質で几帳面、心配症で熱中しやすく、概して陰気で気が短い。その割に不平は少なく、清潔好きでもあった。ズボ

＊4——殺される：1839年6月、領地で（作家17歳）。当時、地主が農奴に殺される事件は珍しくなかった。母は作家15歳のとき病死（結核）。

＊5——死刑宣告：1849年4月23日、ペトラーシェフスキイ事件（当局による文学者らの自由思想弾圧）で逮捕される。同年12月22日、仲間とともにあわや銃殺刑というとき特赦が与えられ、懲役流刑4年を云い渡される。

＊6——監獄生活：参照、ドストエフスキー『死の家の記録』

＊7——扶養家族：主として義子と亡兄の家族。本書Ⅰ－4　＊3を参照。

＊8——59歳：満59歳3ヵ月（1821・10・30～1881・1・28）。

ンを質に入れたりするせいか、とかくむさ苦しい印象を与えるが、白いカラーもつけているし、一人で風呂屋へも出かけた。金策ばかりしていながら金銭感覚はゼロである。自分の方が同情されそうなくせに、不幸な人々を救おうとする無類のお人好しでもある。ヘビー・スモーカーで、濃いお茶とコーヒーを飲み、甘いものが好きだった。うなぎが大好物というところに親しみが持てる。仕事は夜型または昼夜兼行型。ローソク代は捻出できたのだろうか。これは余計な心配である。

大作家とはいえ、うんざりするような係累に囲まれた、父親ほども歳の離れた癲癇持ちの男の申し込みを受けるには、初婚で二十歳のアンナ・グリゴーリエヴナ・スニートキナ［図5］［図7］にとって非常な勇気のいることだったろう。作家への第一印象も「不思議な人」であった。しかし、口述速記[*9]に彼の家を訪れた初日から死刑宣告体験を話してきかせる彼に、次第に信頼される喜びを感じた彼女は、訴えるようなその眼差しの中に、過酷な運命に耐えた人の限りない優しさを読み取ったように思われる。『白痴』の主人公の口からも最初の日に「死刑の話」が出る。そして、亡くなって間もない小官吏だった父親も彼女も、共にドストエフスキイの愛読者[*10]だった。

ドストエフスキイは少年時代から大変な読書家であった。頭の形がソクラテスに似ているというのが自慢だったそうだが、その大きな頭の中には、当時求め得

＊9――速記：アンナは父の死後、速記を勉強してまだ半年の最優秀な生徒。ドストエフスキイ宅へ1866年10月4日から通い、30日に『賭博者』ができあがる。速記者として最初の仕事だった。結婚後はその才能を生かして夫の片腕となる。

＊10――愛読者：当時ドストエフスキイは『罪と罰』を「ロシア報知」誌に連載中。結婚前のアンナは『死の家の記録』が気に入っていたとのこと。『賭博者』のあと、『罪と罰』の最終篇の速記、清書も頼まれた。

〔図５〕アンナ・グリゴーリエヴナ・ドストエフスカヤ（1846～1918）
写真　1871年　25歳ごろ

るあらゆる知識が詰め込まれていたことだろう。美術にも造詣が深かった。『白痴』を書く前に既に三回[*11]ヨーロッパを旅しており、最初の一八六二年には、ドレスデンで《システィーナの聖母》に接している可能性がある。ドレスデンは〈ドイツのフィレンツェ〉と呼ばれる芸術の都であるが、本場のフィレンツェをはじめ、ジェノヴァ、ミラノ、ヴェネツィア、ローマ、ナポリ、トリノと、イタリアの諸都市のほか、英・独・仏・スイスなどを一八六五年までに訪れている。ラファエッロの《小椅子の聖母》を一八六三年に見たと手紙に書いている。エルミタージュには《聖家族》があるし、ラファエッロの実作との出会いは『白痴』にとりかかる以前に遡る。

　ドストエフスキイはラファエッロを崇拝していたらしい。「緻密な計算」と「心理描写」、そして何よりも「複雑な構成」と「劇的表現」において共通性が見られる。作家は天才画家から学び取ったものが多いのではあるまいか。そのドストエフスキイが最も高く評価し、愛していた絵が《システィーナの聖母》である。彼はこの絵の写真を欲しがっていたが、最晩年になって、やっと贈り物として手に入った。その写真（部分）は死の床[*12]の壁にかけられていた［図6］。

＊11――3回：1回目＝1862年6～9月／2回目＝1863年8～10月／3回目＝1865年7～10月。

＊12――死の床：1881年1月28日午後8時38分 肺気腫で死去。

〔図６〕ドストエフスキイの書斎。ソファが死の床となった。

作家晩年の若い友人フセヴォロド・ソロヴィヨフによると、1873年１月、作家宅を訪れた折、粗末な書斎に「質の悪い赤っぽいレプス張りの安物のソファがある。そのソファはドストエフスキーのベッドの代用にもなっていたが、それから八年ののち、彼の通夜のときにも、すでに色あせてしまったその赤っぽいレプス張りのソファが、やはりわたしの眼に入ってきたものだった」(『ドストエフスキー同時代人の回想』）とのことである。書斎の写真は種々あり、時代も異なり、転居も多かったのでこのソファを同一物と特定することは難しいが、上は婦人の著書≪ВОСПОМИНАНИЯ≫（回想）の中にのっているもので、「ドストエフスキイが亡くなった書斎」という説明がついている。最も近いかと思われる。

〔図7〕晩年のアンナ夫人。
モスクワ歴史博物館　ドストエフスキイ室にて、
1916年（70歳ぐらい）。

4　ドストエフスキイとルネッサンス美術

一八六七年四月半ば、ドストエフスキイは四度目[*1]のヨーロッパ旅行に出かける。今回は二ヵ月前に結婚したばかりの妻アンナと一緒であった。といえば、普通なら新婚旅行だろう。しかし、三年前の兄ミハイルの急死[*2]に伴い、多額の負債と遺族の生活[*3]を引き受けた彼は、出国時、債権者から提訴されている身であった。アンナ夫人には、継子パーヴェルや、ミハイルの未亡人エミリヤとのいざこざが耐えがたかった。ドストエフスキイが手こずりつつも見守らずにはいられなかったパーヴェルは、『白痴』の中ではレーベジェフの甥ドクトレンコにその面影を見ることができる。エミリヤは、肺病の少年イポリートの母親にやや近い。ドストエフスキイは負債と健康上の理由を第一にあげているが、脱出はむしろ夫人のためであった。入ってくる金はほとんど夫の親族にむしりとられ、夫人は自分の持ち物いっさいを入質して旅行費用をこしらえた。三ヵ月のつもりが帰るに帰れず、四年余の滞在になってしまう。死の直前の手紙まで編集者への原稿料催促であっ

＊1――4度目：1867年4月14日出国、1871年7月8日帰国。

＊2――兄ミハイルの急死：兄ミハイル・ミハイロヴィチは1864年7月10日死去（肝臓腫瘍）。

＊3――多額の負債と遺族の生活：兄の借金25,000ルーブリ。先妻マリヤの連れ子パーヴェル・A・イサーエフ（1848－1900）の扶養に加え、兄嫁エミリヤ・フョードロヴナ（1822－79）と4人の子供たち、及び兄の愛人と1人の子供の面倒までみることになった。他にも弟ニコライなど。ことにパーヴェルとエミリヤは援助を当然のこと、彼の義務とする態度を取りつづけ、アンナとの結婚も反対した。

たように、生活者としての彼の一生は金策の一生とも言える。

『白痴』の構想、執筆中の一八六七〜八年は、創作上の苦しみはもちろん、ルーレット地獄の窮乏生活、長女の誕生と死、[*4]うち続く癲癇発作、[*5]と相変わらずの極限状況である。もっとも、彼は「ぎりぎりの状態」が好きなのだ。単に不運なだけでなく、子供の頃から慣れた環境であり、時には余裕のある連中[*6]をうらやみもするが、所詮いい身分では書けないのを自分が一番よく知っていて、自らを地獄に追いやる。無意識に強度のストレスに身を置いて、胃潰瘍にもならず、発狂もしない。本当は天井の高い家が好きなのに、いつも薄暗い小部屋を書斎としていた。素材のかたまりであるロシアの民衆を肌で知り得たからではあるが、シベリヤでの四年間の懲役生活が最高に幸せだったと言う。幼い頃、母から聖書物語で読み書きを習い、苦役の座右に聖書のみの暮らしを経て、彼は自分を、キリストを、そしてロシア人を理解した。

外国での明け暮れ、娘のような若さで夫を支えるアンナ夫人の存在は、まさに天の配剤であった。それに新婚の二人にとって楽しい日々がないはずがない。ことに子供好きのドストエフスキイが、四十代で初めてわが子を得た喜びはいかばかりか。だが、掌中の珠は三ヵ月足らずで奪われてしまう。『白痴』に関わる年月は、いばらの道の作家の一生の中で、最大ともいえる危機と歓喜が一度に押し寄せた時期であった。

＊4――長女の誕生と死：1868年2月22日、長女ソフィヤが誕生したが、3ヵ月後の5月12日 死亡（肺炎）。

＊5――癲癇発作：この持病がいつ頃から始まったかについては、医者や同時代人による複数の証言がまちまちで、はっきりしない。フセヴォロド・ソロヴィヨフによると、1873年1月、ドストエフスキイ自身が語ったところでは「神経は若いときからいたんでいた」「シベリヤに送られる二年まえ」「神経の病気がはじまった」「流刑中に癲癇の最初の発作」が起こった、とのこと。

＊6――余裕のある連中：作家仲間、ツルゲーネフ、トルストイなど。

幸いなことに、外国にあればこそ、ドストエフスキイは多くの手紙を残してくれた。それも、小説同様、長編が多い。生涯の友アポロン・マイコフ[*7]や姪のソフィヤ[*8]に宛てたものは信頼度も高く、重要である。速記者だった夫人は、残してきた愛する母親のためにと、限られた期間[*9]ではあるが速記による克明な生活日誌をつけていた。夫とは反対に金銭感覚の発達した夫人の日記は、当時のヨーロッパ諸都市の物価を知る資料になりそうなくらい、実に細かい。夫との出会いとなった『賭博者』（一八六六年）の口述速記の頃の覚えも含まれている。近親者が作家の死後に著す回想とは異なり、他人に読まれないための速記録である。ドストエフスキイさえその内容を知ることのなかったこの日記は、彼らの外国生活を生々しい臨場感をもって伝えている。

このヨーロッパ滞在は、ルネッサンス芸術の海にどっぷりつかる機会を彼に与えた。四月十九日、ドレスデン[図8]に到着すると、その日のうちに夫妻は美術館[図9]を訪れ、早くもラファエッロのマドンナに対面する。一方の隅にはホルバインのマドンナが伏目がちにたたずんでいた。翌日はティツィアーノのキリスト（《貢の銭》）、アンニバーレ・カラッチの《キリスト》、クロード・ロランの《アシスとガラテア》などを鑑賞。いずれもドストエフスキイが評価する作品である。アンナ夫人も絵画や骨董に趣味があり、熱中しやすく読書家である点など夫と共通している。熱心なのはむしろ夫人の方だが、しばらくは美術館通いが続く。美術鑑賞と並行

＊7——マイコフ：アポロン・ニコラーエヴィチ・マイコフ（1821－97）、詩人。1846年頃からドストエフスキイの死まで約35年間、変わらぬ友情を保ちつづけた。妻・母・早世した弟ワレリヤン（1823－47 批評家）ともども、家族ぐるみの親交があった。

＊8——ソフィヤ：8歳下の妹ヴェーラの長女、ソフィヤ・アレクサンドロヴナ・イワーノワ（1847－1907）、翻訳家、父は医師。ドストエフスキイとの親交は1864年から1873年くらいまで。結婚してフムイロワ姓に。

＊9——限られた期間：邦訳では1867年4月14日～12月10日。

上〔図８〕エルベ川河畔に広がるドレスデンの街（1867年）
下〔図９〕ツウィンガー宮殿（現在ドレスデン美術館・木下豊房氏撮影）

して、作家はまたもや四年前から病みつきのルーレットに狂う。彼はルーレットで稼ぐという切実な願望を持ち、また稼げると信じていたが、それだけの理由でのめりこむわけではない。賭博は彼にとって麻薬にも似た創作のエネルギーであった。そんな彼を深く理解していたアンナ夫人の超人的な忍耐力にはただただ頭が下がる。

『未成年』の創作ノートの中で、文脈に関係なく次のような一文が大文字で特記*10されている。

小説を書くためには、何よりもまず作者が実際に心で経験したひとつないしいくつかの強烈な印象の貯えがなくてはならない。これは詩人の仕事だ。この印象からテーマ、プラン、均整のとれた全体構造が発展してくる。これはもう芸術家の仕事だ。もっとも、芸術家と詩人とはどちらの仕事でも――両方の場合に、たがいに助け合うものではあるが。

一八六七年春から始まるヨーロッパ滞在で、ドストエフスキイはルネッサンス美術を堪能できる環境に恵まれ、「強烈な印象」を貯えたに違いない。ラファエッロに限れば、『白痴』には《システィーナの聖母》以外にも《三美神》やその他の作品の影響が感じられる。ところで、先ほど触れたルーレットの話だが、《シ

＊10――特記：全集27、p.13。

スティーナの聖母≫とルーレットという一見何の関係もなさそうな両者に意外な共通点がある。それは「緑色」という「強烈な印象」である。

『白痴』の結末はフィレンツェで書かれている。その前の滞在地ミラノは、気候が健康に適し、ミラノの大聖堂〔図10〕は「夢のように幻想的」と彼は言う。十四世紀から十九世紀までかかって完成したこのドゥオーモは、正面から見るとピラミッドのようにどっしりと安定している。林立する尖塔は左右対称のようでありながら、よく見ればまちまちで、微妙な違いが認められる。使徒や聖者を頂点に戴くこの大小無数の尖塔が、ドストエフスキイの作品の一つ一つのエピソードとダブってくる。複雑な重層構造を持つドストエフスキイの作品を目のあたりにするようで、彼の感激がうなずける。

「ロシアはこちらから見ると、われわれの目にはいっそうくっきりと浮き出して見えます」と手紙[*11]に書いているが、むさぼり読んだロシアの新聞種も大いに彼を刺激しただろう。紙上をにぎわした犯罪事件[*12]を『白痴』の中でもふんだんに利用している。ヨーロッパを転々としたドストエフスキイが、滞在地を選ぶにあたって、気候や物価もさることながら、第一に条件としたことは「ロシアの新聞が読める」ことであった。フィレンツェは、彼が讃美するギベルティの≪天国の扉≫をはじめ、造形美術の宝庫である。だから彼がミラノからフィレンツェへ移ろうと不思議はないが、移動の直接の動機は、ミラノにはないロシアの新聞がフ

＊11――手紙：マイコフ宛、ジュネーヴ、1867年８月16日付。
＊12――犯罪事件：本書Ⅲ－２　＊３を参照。

〔図10〕ミラノ大聖堂

イレンツェでは読めるからであった。

『白痴』について伝記作家グロスマン[*13]は、「このころ高遠なルネッサンスの造形美術に接したことは、ドストエフスキイの創作歴上の一大事件となった」と指摘している。彼はまた「ドストエフスキイは主人公に迫真性を与えるために、自分の伝記的要素とともに自分の病気、容貌、道徳哲学なども付け加えることにした」とも述べている。実際、ドストエフスキイの登場人物の多くには、さまざまな形で著者もしくは身辺の人物が反映している。作家のヨーロッパ生活がどのような形で『白痴』に影響するか、本来興味深いことなのである。

＊13――グロスマン：Л. グロスマン『ドストエフスキイ』北垣信行訳、筑摩書房、1966年、p.285。

5 『白痴』のあらすじ

ムィシキン公爵は天涯孤独な癲癇《てんかん》持ちの青年。長年スイスで子供たちを相手に療養生活を送っていたが、遺産相続問題をきっかけに、祖国ロシアへの熱い思いを胸にして、三等車で冬のペテルブルグにやってくる。車中、向かい合わせになった浅黒い顔の粗野な男は、のちに恋敵として彼を殺そうとつけ狙うロゴージン。だがロゴージンはなぜかその場で公爵が好きになる。子供のように純粋で、白痴と呼ばれるほど汚れなき人格の公爵に接した人々は、陰で憎しみや悪意を抱くことがあっても、会えば不思議に彼が好きになってしまう。二人は二十六〜七歳。ブロンドの髪に空色の大きな眼、ひとつまみの顎ひげ、整った顔立ちのムィシキンに対し、富裕な商人の息子ロゴージンは、真っ黒なちぢれ毛に小さな灰色の眼、頬骨の出た低い鼻の対照的な風貌をしている。二人の会話にくちばしを容れる赤鼻の中年男レーベジェフは、この物語に終始登場して笑いをふりまく名脇役である。

ペテルブルグに到着したその日は、公爵にとって目まぐるしい衝撃的な一日となった。はからずもその晩から、公爵とロゴージンは運命に弄ばれた絶世の美女ナスターシャ・フィリポヴナを間に争うことになる。打算で動くガーニャと情熱のおもむくままに一直線に進むロゴージンから彼女を救おうと、公爵はナスターシャ・フィリポヴナに結婚を申し込む。しかし、公爵を「本当の人間」と認めたナスターシャ・フィリポヴナは、彼を愛するがゆえに彼の破滅を恐れてその申し出を拒み、待ち構えていたロゴージンと姿を消す。あとを追った公爵は半年をモスクワで過したのち、今度は夏のペテルブルグに帰ってくる。

二人の若者は、強烈な個性とコンプレックスの持ち主ナスターシャ・フィリポヴナに相変わらず振り回されている。一方、公爵は、夫人が彼の親類筋にあたるエパンチン将軍家の令嬢アグラーヤに最初から純粋な恋ごころを抱いていた。誇り高くニヒルな美女アグラーヤは、彼への愛と尊敬をひたすら隠し、逆にその感情を侮辱と怒りに代えて表わす。一旦は婚約にまでこぎつけたかに見えた公爵とアグラーヤとの間も、ナスターシャ・フィリポヴナゆえに終わりを告げる。

公爵がそのナスターシャ・フィリポヴナと式を挙げる寸前、またしても彼女はロゴージンと逃げ去る。あくまでも彼女とロゴージンを破滅から救おうとする公爵ではあったが、同じく振り回されたロゴージンはついに彼女を殺してしまう。公爵はナスターシャ・フィリポヴナの死体を前に廃人同様の白痴にかえり、スイスへ戻るのである。

公爵の跡を継ぐべきコーリャ少年、その友人で死を目前にした十八歳のイポリート、コーリャの父で大ぼら吹きのイヴォルギン将軍、アグラーヤの母で口だけ荒く心優しいリザヴェータ夫人、小才をきかして儲け口探しに無駄骨を折るレーベジェフ、その娘で柔順この上ないヴェーラ、物語の理性的解説者エヴゲーニイ・パーヴロヴィチ、そしておきまりの救いがたき凡人たち、等々、小説の進行中、数え切れない登場人物[*1]の織りなす人生模様、さまざまなエピソードは、作者の思想の奔流となって読者に訴えかけてくる。中心となるものは、ムィシキン公爵というドストエフスキイが創造した「完全に美しい人間」が差し出す愛の手である。どの登場人物も欠点だらけ、しかしどんな悪役もみな愛すべき人間たちなのである。

＊1——登場人物：4人の主人公と脇役で約30人。その他、話題に上る人物、職業又は身分だけの人物、歴史上の人物、書物中の人物等を入れると、数え方次第で100〜150人にもなる。

6　エマオへの旅

博識で、子供の心を持つ博愛主義者ムィシキン公爵は、目前の不幸を捨てておけない。驚くほどの判断力、細かい神経を持ち合わせていながら、不幸な人を幸せにしたい、悪心を抱く者を立ち直らせたいと願うあまり、夢中でさしのべる愛の手にブレーキがきかなくなる。そのため人をかえって不幸にしたりもするが、くまなくさしのべられた無意識の小さな愛は、いつのまにか人々の心に浸透していく。ドストエフスキイが創作ノートに再三「キリスト公爵」と記す『白痴』の主人公ムィシキン公爵は、「完全に美しい人間」キリストを主たるモデルとしている。同時にラファエッロの美質もそなえ、ドストエフスキイ自身の実像と本質を色濃く映し出してもいる。さらに、ドン・キホーテ的滑稽さも漂わせて。

愛する姪のソフィヤに宛てた手紙[*1]には、よく知られた次のような言葉がある。

長編の思想は――ぼくが古くから愛しているものですが、あまりにもむずか

＊1――手紙：ジュネーヴ、1868年1月1日付（全集21、pp.145～6）。

しいために、永いこと取り組む勇気がでなかったので、今取りかかったのは、まったく、ぼくがほとんど自暴自棄の状態にあるからにほかなりません。長編の主要な思想は——完全に美しい人間を描くことです。これ以上困難なことは、この世にはありません、特に現在は。すべての作家が、単にわが国のだけではなく、ヨーロッパのすべての作家たちでさえ、完全に美しいものの描出に取り組んだ人はみな、常に失敗してきました。なぜなら、この課題は測り知れぬほど大きいからです。美しいものは理想ですが、理想は——わが国のも、文明化されたヨーロッパのも、まだ決して作り上げられていません。この世には完全に美しい人物がたった一人だけいます——キリストです。だから、この測り知れぬほど限りなく美しい人物の出現は、限りない奇跡なのです。〈（……）……〉一つだけ言っておくなら、キリスト教文学中の美しい人物たちのうち、もっとも完成しているのはドン・キホーテです。しかし、彼が美しいのは、もっぱら、彼が同時に滑稽でもあるからにほかなりません。

ムイシキンは、その登場からして、キリストの「エマオへの旅」を彷彿させる。エマオとはエルサレムに近い村の名である。ルカ福音書によれば、十字架につけられ三日後に復活したキリストが、エマオへの道を行く二人の弟子[*2]の前に姿を現わし一緒に歩いて行くが、二人はイエスと気付かない。エルサレムでの出来事を

＊2——二人の弟子：一人はクレオパ（ルカ24－18）、もう一人は不明。

話し合っていた二人は遺体が墓から消えたことの驚きを語ると、彼は「ああ、愚かで心の鈍いものよ、預言者のいったことを何も信じないとは。キリストはこれらの苦難を受けてから栄光に入るよう定められていたではないか」（ルカ24・25～27　前田護郎訳）と言って聖書を説いてきかせる。日も暮れかかり、二人が彼をお泊めして晩餐になると、彼はパンを取って讃美し裂いて渡されたので、弟子たちの眼が開いてイエスとわかった。ヴェネツィア派に好まれた絵画的主題「エマオの晩餐」は、レンブラントの絵［図11］でも有名である。絵画でのキリストは、帽子を肩にかけ、杖と合財袋*3を持った巡礼姿で描かれることが多い。

　ところで、スイスからペテルブルグにやってきた時のムィシキン公爵は、大きなフードつきのマントに小さな包みを提げている。風貌もキリストに近い。その包みを、ロゴージンをはじめレーベジェフやエパンチン家の召使など、皆がうさんくさげに詮索する。試みに数えてみると、「包み」という語は第一編に集中して二十数回出てくる。どうもドストエフスキイは、この絵画的主題におけるキリストの「持物」の中身が気になっていたらしい。「マント」の方も七～八回使われている。マントにフードがついているのに公爵は別に「柔らかい鍔《つば》の丸い帽子」も持っている。後刻、包みの中には肌着類が入っていることが所有者の口から明らかになる。いずれにせよ、ドストエフスキイは冒頭からキリストのイメージを読者にしつこく提示しているようだ。旅の同行者ロゴージンとレーベジェフ

＊3――合財袋：「包み」も同様に考えられる。興味深いことに、釈迦涅槃図でも、枕辺、足元近くなどに包みが描き込まれていることが多い。

も、二人という数の上では「エマオへの旅」の愚かな弟子と一致する。

〔図11〕レンブラント《エマオの巡礼者》
1648年　パリ、ルーヴル美術館　板に油彩　68×65cm

7　ソフィヤに捧げる

『白痴』に「緑」が目立つといっても、第一編については作者が気に入っている結末のクライマックスからで、ここではロゴージンが緑色のスカーフ姿で現れる。この〈ロゴージンのスカーフ〉に始まり、あるいはわざとらしく、あるいはさりげなく、時には執拗なまでに、緑色のもの・植物の緑・象徴としての緑がかなりの頻度で顔を出す。そして最後に、作者が最重要とする第四編のフィナーレに緑色が登場することになる。〈緑色のカーテン〉である。

詳しくは後にして、肝心なことは、この作品の構想が第四編のフィナーレから出発していると推定されることだ。姪のソフィヤに宛てた手紙[*1]には、「最後に（これがいちばん肝心な点ですが）、ぼくにとってこの第四部と、その完結は、長編の中でもっとも重要なのです、つまり、小説の大詰めのために、この長編全体が書かれ、構想されたにもひとしいのです」と書いている。

詩人で同い年の親友アポロン・マイコフ宛の手紙にも同様趣旨のものがある。

＊1 ──手紙：ミラノ、1868年10月26日付（全集21、p.159）。

『白痴』については、この二人に宛てたものが作品の構想、経緯、作者の不安などを明かして最も雄弁である。それに、ドストエフスキイはこの二人を一番といっていいほど愛し、信頼し、本心を打ち明けていた。

一八六七年春から冬、『白痴』構想中のドストエフスキイの行動を、アンナ夫人の日記と作家の手紙により追ってみる。（日付はロシア暦）

4月14日（金） 夫妻ペテルブルグ出発。

4月19日（水） ドレスデン着。美術館で《システィーナの聖母》を鑑賞。以後5月3日までに数回通う。

5月4日（木） 単身ホンブルグへ。以後5月15日に戻るまでルーレット。その後再び美術館通い。

5月26日（金） 夫人は貸本屋でドレスデン美術館のカタログを借りる。

6月15日（木） 《システィーナの聖母》を椅子の上で鑑賞。

6月21日（水） 夫妻ドレスデン出発。

6月22日（木） 夫妻バーデン・バーデン着。

6月23日（金） この日から8月10日までほぼ連日ルーレット。

8月11日（金） 夫妻バーデン発ジュネーヴへ。

8月12日（土） 途中バーゼルでホルバインの《墓の中のキリスト》を椅子の上で鑑賞。

8月13日（日）ジュネーヴ着。以後68年5月末まで滞在。

9月19日（火）執筆計画開始。

9月23日（土）単身サクソン・レ・バンへ。9月25日に戻るまでルーレット。

9月29日（金）姪ソフィヤに『白痴』を捧げる旨知らせる。

10月3日（火）執筆、構想練り。

11月5日（日）再び単身サクソン・レ・バンへ。11月8日に戻るまでルーレット。

11月19日（日）口述始まる。

11月22日（水）書きためたかなりの量（第一編前半）を捨てる。

12月6日（水）書き直し開始。

12月10日（日）新たに口述始まる。

12月24日（日）第一編五章分を発送。

12月30日（土）第一編残りの二章分を発送。（『白痴』脱稿は一八六九年一月五日）

ドストエフスキイは『白痴』をソフィヤに捧げている。親しい友へのドストエフスキイの手紙はどれも非常に長いのだが、ソフィヤ宛の三通[*2]の中で、献辞に触れた部分を抜き出してみる。

（一回目）真剣に長編（『白痴』）と取り組んでいます（この作品は、ソーニャ

＊2　二通：全集21、pp.141、146〜7、150。
訳文で「きみ」の箇所を「あなた」に変更。

チカ、あなたに、ソフィヤ・アレクサンドロヴナ・イワーノワに捧げさせて下さい）、作品は《ロシア報知》に載ります。

（ジュネーヴ・一八六七年九月二十九日）

（二回目）なつかしき友よ、せめていくらかでも成功を祈って下さい！長編は『白痴』という題で、あなたに、つまりソフィヤ・アレクサンドロヴナ・イワーノワに捧げられています。なつかしきわが友、この長編がせめて多少とも献辞にふさわしい出来栄えになってくれることを、ぼくはどんなに望んでいることでしょう。（ジュネーヴ、一八六八年一月一日）

（三回目）可愛いソーニャ、この長編はあなたに捧げたもので、そのことは冒頭に en toutes lettres（フルネームで）記してあります。[*3]

（ジュネーヴ、一八六八年三月三十日）

このしつこさはどこから来るのか考えてみると、

一、性格的にしつこい

一、多忙で既に書いたことを忘れた

一、相手の反応が乏しかった

一、それほど思い入れが強かった

等々、そのうちのどれか又は全部かもしれない。

＊３――記してあります：『ロシア報知』1868年１月号、『白痴』の第１ページに確かに記されていたが、現在はナウカ版全集（1973）にも、邦訳版にも、載っていない。

最初の手紙から四日後には執筆を開始しているので、第四編のフィナーレの構想は九月二十九日には固まっていただろう。「大詰めのために、この長編全体が書かれ」たのなら、先にできあがった大詰めに向かって彼は肉付けをしていかねばならない。残された創作ノートの日付は翌年三月からである。それなのに作品をソフィヤに捧げることはいち速く決めてしまった。つまり、献辞の決定は第四編の結末のシーンが導き出したものと思われる。このフィナーレは、それまでに貯めた「強烈な印象」とともに、啓示にも似た強力なひらめきを得て創造されたものに違いない。

だがフィナーレは、ナスターシャ・フィリポヴナの死体を前に〈緑色のカーテン〉を隔ててロゴージンと公爵が通夜をする場面である。こんな悲劇的な結末から、なぜドストエフスキイは妹とも娘とも思う若々しいソフィヤに作品を捧げようなどと思いついたのだろうか。その心ばえの美しさとともに自立した理想の女性として尊敬していたソフィヤに。

彼女宛の手紙[*4]の中で、

> あなた[*5]ほどの人には、ぼくも生涯でそんなに多くめぐり会ったことがありません。〈……〉あなたの内にたぐいまれな一種特別な存在と、たぐいまれな美しい心とを認めるようになったのは、（つい四年ほど前のことであり）、とりわけ、あなたを理解したのは、亡妻マリヤ・ドミートリエヴナが死んだあ

＊4――手紙：ジュネーヴ、1868年1月1日付（全集21、p.144）。
＊5――あなた：元の訳文では「きみ」。

の冬のことでした。

と、最初の妻マリヤの治療を引き受けた父を助けて、ソフィアがマリヤの介抱をし、作家の感動を呼んだらしいことを書いている。

ソフィヤは彼が身内のなかで最も愛した女性である。彼女は作家の妹ヴェーラの長女で、ドストエフスキイは一八六六年の夏を妹一家が住むリュブリノで過ごした。「リュブリノでドストエフスキイはさらにもう一つ心の大事件を体験した。それは彼の生涯における唯一の事件であったかもしれない――深い、純粋な、精神的な愛だった。そういうすこぶる詩的な気持ちを二十歳《はたち》になる姪のソーネチカに対していだいたのである。〈彼は〈……〉彼女に対してはいつでも特別の崇拝と愛情を示す『あなた』という言葉を使っていた。〉」と、グロスマンは言う。[*6]

ソフィヤには、若い女性への教訓として捧げる必要はなさそうだ。もしも内容に関係なく、今度の作品は彼女にという単なる思いつきなら、なぜ手紙の調子が高ぶるのだろう。なぜ最初が九月二十九日なのだろう。もっと前でも、もっとあとでもよいではないか。要するに、フィナーレにはどうしても彼女に捧げたい要素があるのだと見なければならない。それも彼にとって心躍るような。殺人事件で終わってよいものだろうか。

＊6――グロスマン：前掲書　p.265

8　椅子事件

そこで、四月のドレスデン到着以来九月までの作家の動静が興味の対象となるわけである。前記の表によると、その間の主な行動は美術館めぐりとルーレットである。特に六月十五日[*1]に注目したい。以下はアンナ夫人の日記[*2]からの引用である。

美術館の中はものすごく暑かった。フェージャには例によって、今日は何ひとつ気に入らなかった。前にはすばらしいといっていたものも、今日は見る気もしない様子だった。これは彼にはよくあることで、発作のあとでは印象がまるで変わってしまうのだった。フェージャは聖シストの聖母《マドンナ》をまだよく見たことがなかった。というのは遠くにあるので見にくかったし、彼は柄付眼鏡《ロルネット》も持っていなかったからである。それで今日、フェージャは聖母《マドンナ》をよく見るために、この絵の前の椅子の上に立つことを思いついた。もちろん、

＊1――6月15日：日記の6月14日の項目に6月15日の分も入っている。フェージャはフョードルの愛称。

＊2――日記：アンナ・ドストエーフスカヤ『ドストエーフスキイ夫人アンナの日記』木下豊房訳、河出書房新社、1979年、pp.144～5。

ほかの時ならば、フェージャはこんな突拍子もない無作法はやる気にならなかっただろうけれど、今日はそれをやってのけたのだった。私が止めても無駄だった。フェージャのところへ係員がやってきて、そんなことは禁止されています、と注意した。係員が部屋から姿を消してしまうと、フェージャは、外へ連れ出されてもかまわないから、もう一度、椅子にのぼって聖母《マドンナ》を見るのだ、といい張り、もしおまえがいやな思いをするのなら、他の部屋へ行ってくれ、といった。私は彼をいらだたせたくなかったので、そのようにした。数分たって、フェージャは、聖母《マドンナ》を見たよ、といって、やってきた。

生真面目な性格のドストエフスキイが、美術館の規則を破ってまでかたくなに椅子の上に立とうとするからには、それだけの理由があってしかるべきだろう。最初の外国旅行の一八六二年にドレスデンの地を踏んでいるので、そのとき初めて《システィーナの聖母》の実物に接しているはずであるが、一八六七年の時点では、最初が四月十九日で、その後何回か遠くから眺めたあげく、突然六月十五日になって異常ともいえる挙に出たわけである。よほどのことがあったのだろう。私はこの一件を「椅子事件」と呼ぶことにした。

「椅子事件」は二ヵ月後にもう一度発生する。八月十二日、バーゼルで見たハンス・ホルバインの《墓の中のキリスト》[図12]に対してである。「信仰を失いかねな

（図12）ホルバイン（子）《墓の中のキリスト》

1521年　バーゼル美術館　30.5×200㎝

祭壇の一部にはめこまれていた。

い」と作者にも作品の主人公にも言わせるこのリアルな絵は、『白痴』の中で詳細に採り上げられ、重要な役割を与えられている。しかし、何ごとによらず決心がいるのは最初であり、二度目は簡単ともいえる。あるいは記録がないだけで三度目もあったかもしれない。

その最初の「椅子事件」である《システィーナの聖母》の方は、表面的には『白痴』のどこにも現れてこない。同時期に《墓の中のキリスト》以上に彼の心をとらえて離さなかったに違いないこの最愛のラファエッロのマドンナを、ドストエフスキイはあっさり放棄してしまったのだろうか。同じマドンナでも、ホルバインのマドンナは作品にちらりと登場する。夫人の日記は「一方の隅にはホルバインの聖母《マドンナ》、もう一方の隅にはラファエッロの聖母《マドンナ》がある」と、ドレスデン美術館での両作品の位置関係を教えている。なぜドストエフスキイはお気に入りのラファエッロを無視して、ホルバインにばかり依怙贔屓《えこひいき》するのだろう。納得がいかない。どこかに隠されているはずだ。

まず、第一の「椅子事件」の原因を単純なことから考えてみよう。彼は眼が悪いのではないか。近眼であっても不思議ではないが、写真も肖像画も眼鏡をかけていない。遺品の中に眼鏡があるが、それが老眼用かどうか不幸にして私は知らない。肉親でかけている人は兄のミハイルぐらいだから遺伝とも思えないし、買えずに我慢したかとなると、ロルネットは無理でも、日常不可欠の品まで倹約は

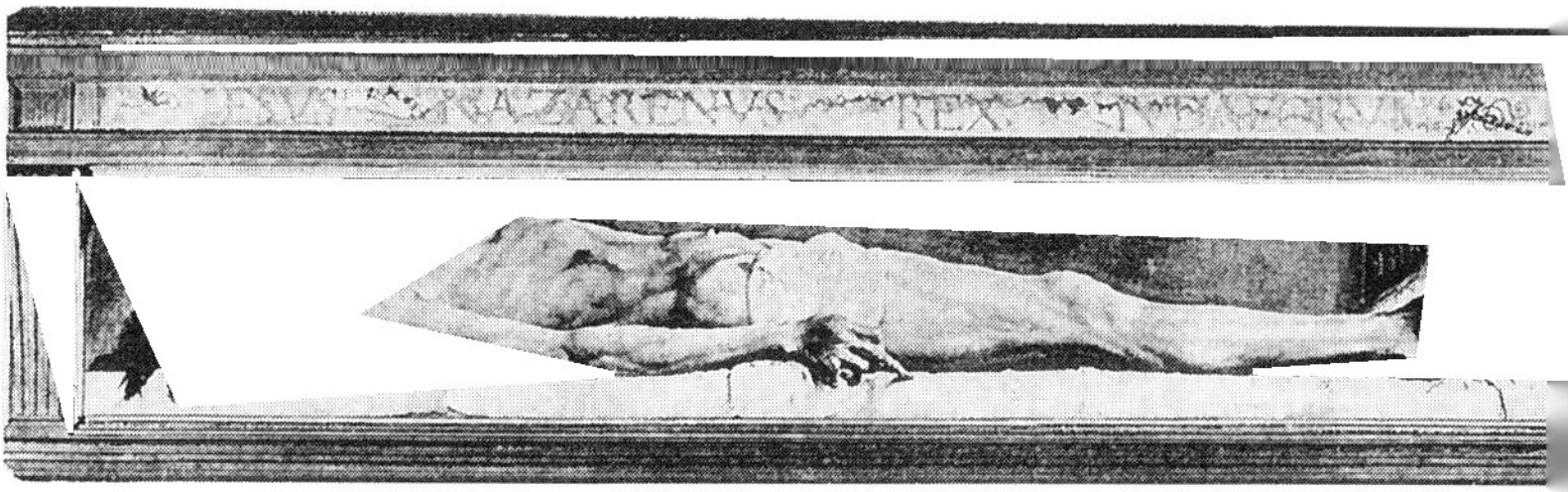

しないだろう。ウナギが好きなだけあって眼はいいのかもしれない。第一、肉眼でけっこう見えるらしい証拠もある。ドレスデンに到着した日のこと、夫人の四月十九日の日記で——ちなみにこの日は快晴——彼は幼児キリストを評して「あの子の顔はすこしも子供らしくない」と言っている。つまり、よく見ていることになる。ということは、もう一つの単純な考え方、美術館内部が暗かったのではないかという疑問も同時に解消するのである。六月十五日は雨天ではないし、時間は二時半から三時頃[*3]と推定されるので、外光で充分だろう。

《墓の中のキリスト》の場合はどうであったろうか。この絵は三〇・五×二〇〇㎝という異様に横長のサイズである。アンナ夫人がこの絵を実に細かく観察しているので、あまり高い位置にあったとは思えない。時間は十一時半頃。早朝の雨は九時過ぎに止んだ。日記では「もっと近くに見ようとして、彼は椅子の上にのった」とある。この絵で見づらいところは私の場合、棺の上部のラテン語とキリストの足元の年号である。IESVS NAZARENVS REX IVDAEORVM（ユダヤ人の王ナザレのイエス）という文字と、MDXXI（一五二一）という年号が読み取れる。実際にはもう一ヵ所、年号の下に数字らしきものがあるのだが、残念ながらこれはバーゼルで椅子でも借りないと私には判読できない。ドストエフスキイもこの辺を確認しようとしていたのかもしれないなどと想像すると、急に文豪が身近に感じられてくる。

＊3——3時頃：夫人の『日記』によると、当時ドレスデン美術館は4時閉館、その日は2時に領事館へ立ち寄ってから行く。

六月十五日の「椅子事件」に戻ろう。彼はその朝五時頃、癲癇の発作を起こしている。発作のあと四、五日は打ちのめされたようになり、以前の印象も変わってしまうという。それまでは、大好きなこのマドンナをどのように作品に生かそうか、などと頭を悩ませていたかもしれない。この絵は縦二六四㎝の大作である。「聖母をよく見るため」もあろうが、急に上の方を確かめたくなったとも考えられる。上部には、聖母子のほかに、背景のプッティの顔、リングとレールつきの緑色のカーテンが描かれている。聖母子の顔は既によく見たはずだ。プッティは？これも《フォリーニョの聖母》などに描かれているし、あまり新味はない。となれば、ドレスデン到着の二ヵ月後に彼をして椅子の上に立たしめたものは、〈緑色のカーテン〉だったのではあるまいか。

発作のあとの高ぶった神経で、彼は突如、緑色のカーテンに惹きつけられる。賭博場で眼に焼きついたルーレット・クロスの緑色が呼び水になったかもしれない。いったん下りた椅子に再び上がり、レールの存在を確認する。天空に引かれたカーテンレールはなんと幻想的であることか。舞台の幕のような緑色のカーテンは、演劇的手法を得意とするドストエフスキイの好奇心をいたく刺激したであろう。そのとき小説のフィナーレの場面がひらめいた。

「椅子事件」（イラスト筆者）

II

1 『アンナの日記』[図13]

≪システィーナの聖母≫を「よく見るために」椅子の上に立った六月十五日[*1]、ドストエフスキイは美術館を出てから、些細なことで夫人と口げんかを始める。それを一人のドイツ人が「ふり返って見た」というだけで「ぶんなぐってやる」といきまく。「今日のフェージャは一日中、気がたっていて、不機嫌だった」。アンナ夫人の日記にはそう書かれている。翌日の十六日も、下宿の女中に「怒って自分の靴を床に投げつけた」。領事館ではロシアの役人に腹を立て、「その晩はずっと」そのことを思い出しては興奮していた。かと思うと翌十七日、「今日の彼はとてもひょうきんで」、「急に糖蜜菓子が食べたくなった」りする。次の日は夫人と言い争い、十九日は「浴場で、風呂の準備をしてくれたドイツ女と喧嘩し、その女を怒鳴りつけた」。二十日に美術館と「最後のお別れ」をして、翌日バーデン・バーデンへ向かう。

六月二十三日からはルーレット。「バーデンでは、七週間、地獄の責苦を味わ

＊1― 6月15日：本書 I－8 ＊1、＊2参照

いつづけました」とマイコフ宛の手紙[*1]に書いているように、賭博場に入り浸る。元手を少なめに持ち出しては日に五、六回も往復する。私は回数を調べてみただけで疲れ果てた。上記の手紙の中でも、気性が「あまりにも熱しすぎ」て「ぎりぎり最後のところまでいかないではすまない」のを嘆き、「なんという天使でしょう！」と、つわりに苦しみつつ質屋を探す二十歳のアンナに感謝している。もちろん当のドストエフスキイも、なけなしの質物を出したり入れたり、昔の日本のように奥さんだけがこっそり暖簾をくぐるわけではない。彼はけっこう日用品の買物にも行くし、これはもっと先の話

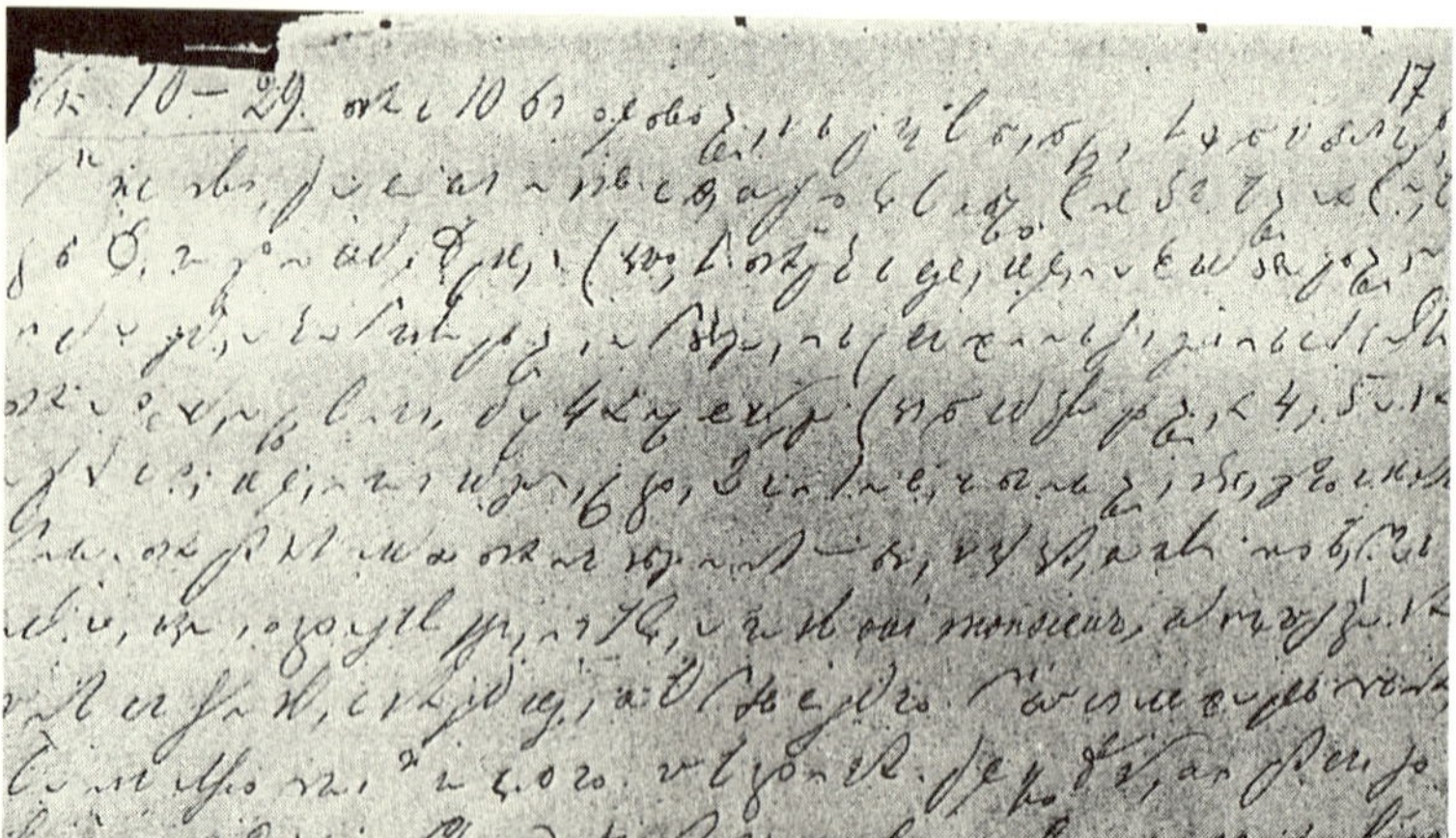

〔図13〕 アンナ夫人の速記文字筆跡（1867年8月29日付『日記』より）

数字のほか、下から4行目に *oui monsieur*、左下に *Eugénie Grandet* の文字が見分けられる（食堂で6歳ぐらいの男の子が給士をしてくれて、アンナの問いにウイ、ムッシューと答えたこと、帰ってからバルザックの「ウージェニー・グランデ」を読んだこと）。ドストエフスキイは若い頃、同書を翻訳している。

だが、品物の見立てが上手で、夫人は自分の服地を買ってきてもらうというのには驚く。

ルーレットに行かなければ平穏というわけにはいかない。アンナにとっては、本来なら支えてあげたい哀れな母親に泣く泣く送金させ、それが寄生虫のような夫の係累をうるおすことになったり、夫の昔の恋人の影がちらついたり、そういったことの方が堪らなくつらい。アンナが母親から着払いの手紙を受け取ったとき、なぜ彼は「料金を払わされた」といって怒ったりできるのか。夫がそんな気持ちでいることがやりきれない。もし資産があったら、もうすぐ生まれてくる実子より、義子で十九歳にもなる怠け者のパーシャ（パーヴェル）に遺したい、などと聞かされるのでは、その無神経さにいらだつのも無理はない。子供が大好きで、わが子の誕生をひたすら待ちわびている夫なのだから。

けんかのあとはどちらも詫びたり泣いたり、じきに仲直りして大笑いするという。ドストエフスキイの笑い顔とはどんなものか。短気な人は案外いい表情に変わるかもしれない。一生を通じてアンナくらい夫を心底愛した人も珍しい。ドストエフスキイにしても同じで、アンナなしでは生きていけないのである。その最愛の妻や母親を苦しめてなぜ平気なのか。頭の中は常に創作のことばかり、家庭人としての彼はただ刹那刹那に反応しては後悔と感謝をくりかえすしかないのだろう。まして金欠の外国で、発作の回数は増え、極度の精神不安定状態に陥って

＊1——手紙：シュネーヴ、1867年8月16日付（全集22, p.145）。

いた。時々おかしくなるのではなく、時々まともになるくらいが関の山だったろう。

「まとも」とはどういうことか。愛が純粋であればあるほど行動はまともではなくなる。「まともである」ことには何かしら計算が働いている。「まともでない」ほうはその反対で、子供や動物のようにまったく自然な行動をとる。自然な行動というものは美しいが残酷である。「自然」そのものがそうであるように。ドストエフスキイが仕事をして、収入を得て、家族を養おうとしていることも確かだが、芸術的創作によって人類愛を、祖国愛を、世界愛を、地球環境愛を訴えようとしていることも明らかなように思われる。ただ、あまりにも理想が大きく、それが困難であるため、「緻密な計算」はすべて作品の方にまわり、瑣末な日常には現れ得ない。結婚前アンナの家を訪れたとき、いやがる彼女にピアノ[*2]を所望し、そのあげく「あなたはかなりへたですね」と宣告する。アンナはあきれるが、意識せずともこうした彼の率直さをこそ愛したにちがいない。

父の死後、自立をめざし夢中で勉強した速記で、尊敬する作家を窮地から救うことができた。アンナにとってその喜びは何物にもかえがたい。若い彼女にすべてをさらけ出してくれるこの不思議な人の力になりたい一心で、厄介な親類も癲癇の発作も苦にならなかっただろう。とはいうものの、この結婚に計算など全くないかとなればそうもいくまい。速記という武器を知ったドストエフスキイには

＊2——ピアノ：妹ヴェーラの次女（ソフィヤの妹）が秀れたピアニスト。ドストエフスキイは彼女のピアノを聴くのが好きだった。作家は1866年11月３日にアンナの実家を初訪問、８日に結婚を申し込む。アンナがピアノを弾かされたのは11月３日のこと。

彼女を助手にしたい、アンナには憧れの作家夫人になりたい、という気持ちが多少ともあったろう。

　こうも考えられる。彼は自分を大切にしない、自ら苦悩を背負う人。一心同体の夫人は自分の分身であり、その母親もまた然り、生まれる子供はもちろんのこと。だから彼と分身の苦労は当然で、一方、他人も同様の係累にはひどく義務感を抱いてしまうのではないか。実際ドストエフスキイは、ムィシキンのように他人の苦しみに反応する人である。不可解であっても彼の言動は自然なのだ。そのため多くの敵を作る。敵はたいていまともである。文学上の敵だけでなく、いない方が世のためになる役人たち、群がり集まる自称債権者たちなどは、最もまともな人間だろう。それでも結局のところ、人も事物も「まとも」は残らず彼の作品の種となり、肥やしとなり、紙の上に芽を出すのだから、彼は大いなる収穫に感謝しているはずである。

　「椅子事件」の前日はどうであったろうか。身内に送金依頼の手紙を書いたあと泣いているアンナに、彼はVert-Vert《ヴェール・ヴェール》（vertはフランス語で、緑色。卑猥な、の意味もある）という名のオウムの話をして笑わせる。その話自体《システィーナの聖母》とは何の関係もないけれど、「緑」が出てくる点はいささか興味深い。しかし、あとは邪推のし通しでアンナを悩ます。そして翌朝の発作に始まり、椅子事件、いらだち、ルーレットと続くわけだが、発作のあとのいらだちは毎度のこととはいえ、椅子事件後の彼の頭の中は、片時も休ませてくれない最大関心事、新しい長編の構想と、その中ににわかに割り込んできたラファエッロの絵でいっぱいになってしまったように思われる。

『アンネの日記』を読んだことのある人は多い。一字ちがいでも『アンナの日記』となると、研究者を除けばごく稀だ。これは大作家の妻の、というより、庶民的で正義感の強い一女性の、速記という特性が生きる赤裸々で克明な生活記録である。初めはことさらにドストエフスキイのことを書くつもりではなく、自分がどんな外国生活を送ったか母親に語って聞かせるための旅行メモになるはずであった。いわば主役は自分で、ドストエフスキイは自然に登場する脇役だった。つらいことだらけの毎日、いつしか日記には精神安定剤の役割が回ってくる。家事は少ないし、夫の口述[*3]も始まっていない好条件下、暇ができたこともあるが、速記の勉強という実益にもなり、熱中して書き続けたようだ。この日記は家計簿兼用かと思うほど、夫人は金銭の出入りをつぶさに記録している。それは何も彼女が金銭に細かいというのではなく、むしろ何事もおろそかにできない誠実で飾り気のない人柄を物語るものといえる。そのことが同時にドストエフスキイの一挙手一投足、心の動きについての彼女の記述に大きな信頼感を抱かせてくれる。

この速記録が普通文字になおされたのは夫の死後、一部は夫人の死後他人の手で、それもすべてではない（実際には、日記は一年半ぐらいつけたらしい）。夫

＊3――口述：『白痴』の口述は1867年11月19日から始まる（但し22日に捨てる）。12月10日から新たに口述開始。この時期の口述は夕方で、夫人は晩に清書して渡す。作家は深夜手直し、執筆。

人は公にしたくなかったのであり、手直ししたところもあるようだが、それでもなお、ここには美化されない真実の姿のドストエフスキイを垣間見ることができる。

　ドストエフスキイ没後一〇〇年記念のソ連映画に『ドストエフスキイの生涯の二十六日』（一九八〇年）という作品がある。アンナの速記の助けを借りて『賭博者』を二十六日で仕上げるまでを描いたもので、土台となる内容は、一年前のこととして『日記』の中に見出される。作家を演じた役者はベルリン映画祭で主演男優賞を獲得している。締切当日[*4]『賭博者』の原稿を警察署長に預ける場面では、ドラマチックに役どころを逆転させてしまったので、アンナばかりがしっかり者で、ドストエフスキイは情けない立場に立たされているのが気の毒だ。それはそれとして、『アンナの日記』そのものを映画化したらと思わぬでもない。文豪といえども生活者、『日記』は彼のあまりにも人間的な営みを映し出している。そして主役であるアンナは単なる優等生ではなく、実に健気で愛らしい魅力的な女性なのである。彼女の存在なくして、その後のドストエフスキイの作品は生まれなかったかもしれない。かけがえのない協力者としてだけでなく、何よりも、彼女がいなければ作家は早死にした可能性があるという意味で。

＊4――締切当日：1866年11月1日。
10月30日に口述を終え、翌31日にアンナから清書を受け取る。11月1日出版業者ステロフスキイに届けに行くが不在。〆切日を過ぎると非常に不利になる契約であったため、「警察官」（『日記』p.503）に預け、預り証をもらう。アンナは関与していない。映画では、二人で出かけ、しょげて尻込みする作家を残し、アンナが署長に頼む。「あなたは誰ですか」ときかれた彼女は決意したように「妻です」と答える（この時、まだ結婚話は出ていない）。

2　緑の環境

ドストエフスキイは美術館の椅子の上で何を思い描いただろうか。そもそもなぜ椅子に上がる気になったのだろうか。私はどうしてもこの事実を無視できない。先に述べたように、既に見尽くした《システィーナの聖母》の前で、彼はその日突然なにかを感じ椅子にのぼる、ひらめきのきっかけとなったものは〈緑色のカーテン〉で、確かめたかった上部のディテールはリングつきのカーテンレールではなかったか。人物や他の細部は暗記していても、レールの存在には気がついていなかったかもしれない。上の方にちらりと見えるだけだから見落とされがちである。画集や写真などでは、美的でないと言わんばかりにこの部分をカットしている。

椅子を下りてから、この絵の登場人物たちがにわかに頭の中をかけめぐりだした。それまではキリスト公爵の練り上げに腐心していたのが、画中のマドンナを、さらに他の人物も使いたくなった。そしてまず〈緑色のカーテン〉を。このカーテンが彼の好む「複雑な構成」と「劇的表現」を可能にしてくれる。

誰も関心を払わないようなカーテンが、なぜ私は気になるのだろう。それを説明する前に、作家のそれまでの人生に緑色はどの程度親しいものであったかを見ておきたい。彼が〈緑色のカーテン〉に惹きつけられたと仮定して、それには意識下にあった緑色にまず反応したと考えられるからである。といっても、ドストエフスキイが緑色を好きか嫌いかは問題ではない。色に対する感覚は性格からも表れるが、気候や風土によって差が出るように、むしろ環境から培われる。どのようにその色と自然な接触があったか、いかに意識下に植付けられていたかに注目したいのである。

ドストエフスキイはモスクワのマリヤ慈善病院の官舎[図14]で子供時代を送っている。弟のアンドレイの『回想』[*1]によれば、

広間は明るいカナリヤ色で、客間とそれに附属した寝室はコバルト色だった。家具は質素極まるものだった。居間にカルタ・テーブルが二つ置いてあり、これは兄たちの勉強机となっていた。それから食卓が一台と白樺材の椅子が十二脚。椅子は柔らかなクッション入りで、緑色の山羊皮が張ってある……この広間がわが家のみんなが集まる部屋だった。ここで勉強もやり、遊びもし、食事もし、お茶も飲んだ。客間は、私たちの休息の部屋だった[図15]……

＊1――アンドレイの『回想』：代表編者V・ネチャーエワ『ドストエフスキー　写真と記録』中村健之介編訳、論創社、1986年、p.14。

住まいは三階建ての一階にあった。一見広そうでも、台所と控えの間（玄関のようなもの）を除けば大小四部屋、Ⓓ、Ⓖは仕切ってこしらえた部屋なので実質は二部屋強になってしまう。この狭い家に召使を入れて十人以上[*2]が住んでいた。近くには身元不詳者の墓地があるような環境で、厳格な父に四歳ころから勉強をしいられたというが、それでも優しい母や兄弟たちに囲まれて、病や借金にも無縁で元気にとびはねていた幼年時代は一応幸せな時期であったろう。その多くの日々を過ごした居間に、ぐるりと十二脚もの緑色の椅子が並べられている。勉強机に使ったカルタ・テーブル（Ⓔ右）には、恐らく緑色のラシャが張られていたことだろう。

ロシア人は森が好きで、またロシアの森の美しさには定評がある。ドストエフスキイもご同様で、『百姓マレイ』[*3]の中では次のように言い切る。

〔図14〕マリヤ慈善病院の左翼棟（ドストエフスキイの父の官舎があった建物）
現在ドストエフスキー博物館。

＊2――10人以上：家族８人＋各種使用人６人前後。
＊3――『百姓マレイ』：全集17、p.252。
＊4――父の領地：父は1831年にダーロヴォエ（モスクワから150キロ）を、翌1832年にチェレモーシニャ（近くの小村）を買い取っている。

私は生涯において、きのこや野いちご、昆虫や鳥、はりねずみやリス、それに私の大好きな朽ちた葉の湿った匂い、――それらがすべてそろった森ほど愛したものはほかにはひとつもない。これを書いている今でさえ、私には村の白樺がふんぷんとにおってくるようだ。これらの印象は一生を通じて心に留まるであろう。

少年ドストエフスキイが家族と夏を過ごした父の領地[*4]ダーロヴォエ村は、ブルイコボと呼ばれる白樺の森に続いていた。彼はブルイコボの森がお気に入りで、

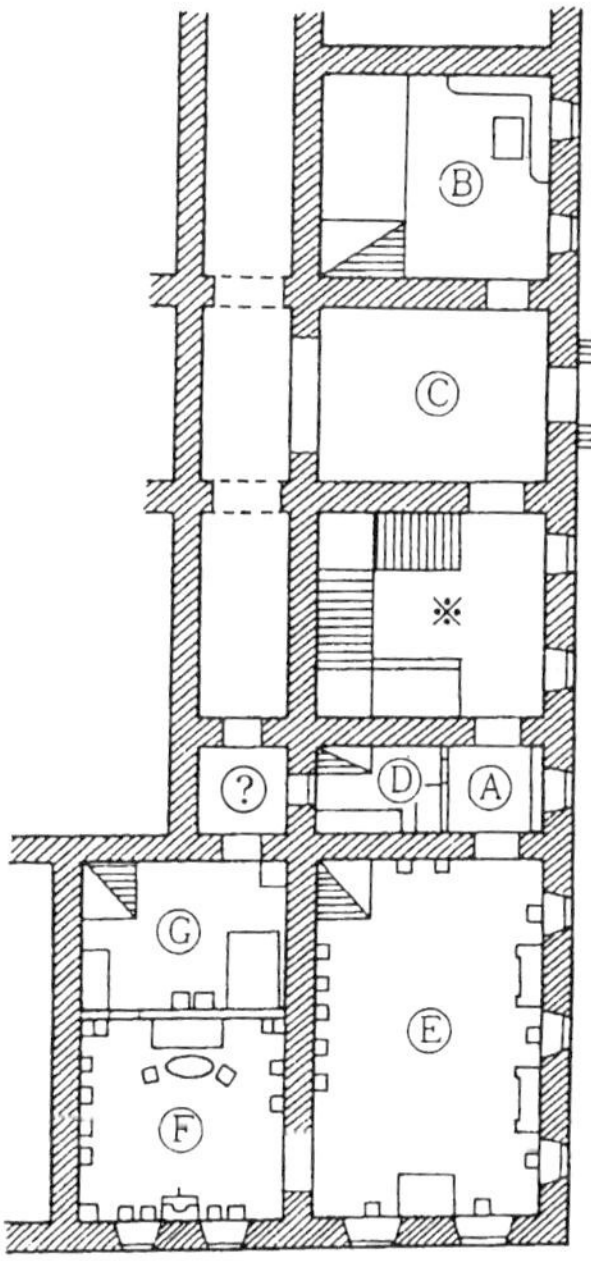

〔図15〕

〔図15〕ドストエフスキイ家平面図（父の官舎、アンドレイ作成）

Ⓐ控えの間　Ⓑ台所　Ⓒ入口　Ⓓ仕切った小部屋（子供用）　Ⓔ居間　Ⓕ客間
Ⓖ仕切った小部屋（両親の寝室用）※階段室（Ⓒと※は共用スペース）。
それぞれがどのように寝たかの内訳は、アンドレイによると、
Ⓖに両親のほか、二人の弟妹アンドレイとヴェーラがゆりかごで、Ⓓに作家と兄ミハイル。?に保母や乳母（アンドレイは「両親のそばの暗い小部屋」というが、図には記載がない。?は筆者の想像による）Ⓕのソファで上の妹ワルワーラ、Ⓑにその他の召使い。

家のものはこの森をフョードルの森と呼ぶようになった、とアンドレイは語っている。実際に『白痴』の中で、はりねずみ、小鳥、カブトムシ（ロゴージンのダイヤのピン）など、森の住人たちにも出番が与えられている。白樺の樹脂の香りと共に「緑」は子供のころの思い出の中にとけ込んでいたようだ。しかし、取得後まもなく領地は火災に遭っている。森を楽しんだ夏が何回あったろうか。なお、この火災は『白痴』の女主人公ナスターシャ・フィリポヴナの最初の《運命の笞《むち》》[*5]（第一編4）として使われている。

彼は動物も好きだろうに、残念ながら象徴的に扱われた数種の生き物以外には、作中の風景として愛情こめて活写されることはなきに等しい。だからといって、ひたすら人間に眼が行ってしまうのがドストエフスキイなのだ、などと決めつけたくはない。万事に余裕がない人にあれこれ望むのは酷というものだろう。子供は本来、動物を含めた自然を仲間とする。スイスの思い出の中でムィシキンの口をついて出る「私が子供たちのことを小鳥と呼ぶのは、この世の中に小鳥よりもかわいいものはいないからです」（第一編6）という言葉を作者の本心とみなしたい。ムィシキンにとっても、作者にとっても、子供は仲間であり尊敬の対象である。子供は好きだが動物は嫌いなどということがあり得るだろうか。

唐突なようだが「たばこ」を引き合いに出そう。「どこかでたばこをすってはいけないでしょうか？　私はパイプもたばこも持っているんですが」「もう三時

＊5――《運命の笞《むち》》：火災で母を失い、父と妹も相ついで亡くなり、孤児となる。本書II－5参照。

間もすってないんですよ」（第一編2）と、ムィシキンはエパンチン家の召使に喫煙許可を求める。作家はムィシキンを自分と同じヘビー・スモーカーとして登場させたわけである。しかしそれ以後、小説は主人公にたばこなど全く無関係で進行する。かわいそうにムィシキンは一度もすわせてもらえない。あわてて書いた導入部での些事、キリスト公爵にふさわしくないという反省からか、あるいは単純に忘れたのか、煙りのように消えてしまった。事ほど左様に、ユーモアのたしにもならず、本筋にも脇道にも不要なものを扱うゆとりなど、この作家にはないのである。だが、あれほど欲しがっていた「余裕」が彼にあったら？　作品の特色は失われていたに違いない。持病ゆえに死は常に彼の背後にある。彼が恐れるのは死そのものではない。ある日突然それが刃をつきたてることである。余裕がないからこそエネルギッシュでいられるのだ。

アンナと結ばれる二年ほど前に、ドストエフスキイには一つの苦い思い出があった。美人で、良家の子女、作家志望のアンナ・ワシーリエヴナ・コルヴィン＝クルコフスヤカに求婚し、断られたのである。小説のもう一人の女主人公、アグラーヤのモデルともいわれるこの女性は「緑色をした輝く瞳」の持ち主だったという。彼が緑色の瞳にひかれたかどうか分からないが、そうでないとも言い切れない。美人とは言いにくいアンナ夫人だが、親友によると「灰色の目だけはすばらしく、知性的で輝いていた」（『日記』訳者あとがき）。『白痴』ではリザヴェータ夫人が「かなり大きな灰色の眼」を持つ。ドストエフスキイの眼[*6]も、魅力的で、夫人は大好きだという。作家はあからさまに緑色の瞳の持ち主を小説に登場させてはいない。しかし、ムィシキン公爵はアグラーヤの視線に微妙な反応を示し、アグラーヤには「緑色のベンチ」がシンボルのようについてまわるのである。

余談になるが、私は「目」という字を人間に使いたくない。網の目、畳の目、碁盤の目、さいころの目、鋸の目、針の目に縫い目、と切れ目がないが、どれも生き物の目ではない。ひどい目やこわい目には遭いたくない。字そのものも眠たそうにブラインドをおろしている。時には「日」という字と読み間違えることもあって、使い分けすべきなのに多くは「眼」の方を使ってしまう。「眼」はパッと見開かれた感じで生き生きしている。何事も簡略化してしまうと、何かが死んでしまうような気がする。それとも「眼」はガンとしか読まないで、医療の場だけで生きるのだろうか。

『賭博者』の口述速記のためドストエフスキイの住まいを訪ねたアンナは、「入口のドアのそばにとてもすわり心地のよい緑色のモロッコ皮の大きなソファー」[*7]を発見している。彼は相変らず緑色の椅子に縁があるらしい。ここでは『罪と罰』で有名な緑色のショールにも出会う。賭博者ドストエフスキイが病みつきになったルーレットについては、そもそも二十二歳のとき賭けビリヤードに手を出し、痛い目にあった。どちらの台も緑色である。賭けごとに魅せられたのであ

＊6――ドストエフスキイの眼：瞳の色は、大方の証言では「灰色」又は「灰色がかった」だが、夫人は「黒」と言い（『日記』 1867年10月４日付、前年同日初めて会った時の印象 p.432、及び1867年10月14日付、p.464）、フセヴォロド・ソロヴィヨフは「茶色」と言っている（『ドストエフスキー　同時代人の回想』p.331）。

＊7――ソファー：『日記』p.431（1867年10月４日に前年の同じ日のこととして）。

って、台など関係ないようだが、台に近づく遠因は、小さいころ緑色のカルタ・テーブルで勉強したことが意外に尾を引いているのかもしれない。ともかく「椅子事件」までの賭博歴を見ると、一八六三年*8のヴィスバーデンで一万四百フラン儲けたのが運のつき、翌日半分に減り、バーデン・バーデンですっからかんになる。お決まりのコースである。二年後の一八六五年、再びヴィスバーデン、今回（一八六七年）はホンブルグを皮切りに「椅子事件」後のバーデン・バーデンと、間は空くものの一八七一年の帰国まで延々と続く。

外国へ出ればカジノへ足が向かう。今回も当然そのつもりだった。やり出したら連日連夜だから、かなり緑色とつきあうことになるだろう。構想が熟してこないあせりから、早くルーレットに行きたいという気持ちがつのってくる。眼の前に緑色がちらつき出したところへ、カーテンの緑色が鍵刺激《かぎしげき》となり、椅子にのるという行動が解発《かいはつ》される。〝そうだ、このカーテンを使えないだろうか。そういえば今まで気がつかなかったが、上の方にレールがある。天空に引かれたカーテンレール、これこそファンタジーだ！〟と、インスピレーションが湧き、それがさらにいらだちを高め、バーデン行きを促進させる、という順序を私は想定する。いずれにせよ「椅子事件」の周辺には緑色が関係していると思うのである。

＊8――1863年：最初の大勝ちがいつ、いくらかは作家の手紙の内容がいろいろで特定できない。上記は同年最初の妻マリヤの妹ワルワーラに宛てた2通（全集20、p.473以下）による。

3　緑色のシンボル

ドストエフスキイが色彩象徴についても博識だったかどうか確証はない。しかし莫大な読書量を誇り、調査も怠らない几帳面な彼としては、古来からの解釈ならば熟知していただろう。『白痴』に登場する「緑」を分析してみると、それぞれ巧みに使い分けがなされているように受け取れる。今は、手掛かりとして、緑色にはどのような象徴性があるかを見ておくことにしたい。

自然の中の緑は植物の色である。植物を穀物に代表すると、ふつうは春に発芽し、秋に収穫をもたらして枯れ、そして再び春に芽を吹くというサイクルを作っている。そのことから導き出されるシンボルは、春、生、死、復活、不滅などである。即ち、緑色が持つ意味は、まず植物、自然、豊穣、そして春や生にかかわる再生、喜び、若さ、愛、恋、無垢、自由、さらに死にまつわる腐敗、毒、夜、嫉妬、憂うつ、病気など……また、赤の反対色であり、女らしい色とされる。以下にわかりやすい例をあげてみる。

古代エジプトの死と復活の神オシリスの肌は、［図1］緑で彩色されていることが多い。オシリスの起源は穀物神で、やがて地上の王となったが、弟のセトに殺される。妻のイシスはなきがらを苦労の末探し出すが、セトは死骸を奪い、切り刻んでナイルに流す。イシスは再びこれを拾い集め、息をかけて復活させる。甦ったオシリスは冥界の王となり、その子ホルスは父の仇をうち跡をついで地上の王となる。死から生への復活、永遠の生命を信じて、古代エジプト人の墓には死者の守護神オシリスが描かれた。オシリスの緑色の肌は、生、死、復活、永遠の生命を表象しているのである。

歴史上最も豪華な書物の一つとして知られる『ベリー侯のいとも豪華なる時禱書』*1（十五世紀フランス）の五月の挿画［図17］には、大勢の若い貴族の男女が馬で森を行く緑の小枝狩りの情景が描かれている。馬も含めてそれぞれ頭に葉飾りをつけ、三人の貴婦人は緑色の衣装をまとっている。五月一日のお祭りで、今でもフランスなどではこの日に夫が妻にスズランの花束を贈る習慣が残っているし、メーデーの起源ともいわれる。この細密画の表す緑は、若さ、喜び、愛、恋の芽生えといった象徴に結びつく。

ヨーロッパでは古来、月ならば五月、曜日なら水曜日を緑で表すしきたりがあった。五月の誕生石エメラルドは、春、再生、不滅、愛などを意味し、もちろん緑色。キリスト教では法王の宝石である。また、緑は聖母マリアの象徴である。

＊1――『ベリー侯のいとも豪華なる時禱書』：ベリー侯ジャン（*Jean de France, duc de Berry* 1340～1416）が、宮廷画家ランブール3兄弟（*Pol, Herman, Jean de Limbourg*）に作らせたもの。3兄弟の死後、未完の部分を相続者サヴォア侯シャルルが1485年ジャン・コロンブに完成させた。

〔図16〕死と復活の神オシリス（部分）
テーベ　第19王朝
衣服を除いた皮膚が緑色

〔図17〕「ベリー侯のいとも豪華なる時禱書」の５月の挿画

詳しくは省くが、大切なことは、緑色が「生」と「死」という両極を表しうることだ。同じ色でも明度と彩度が、低くなるにつれ陰気になり、高くなるにつれ陽気になる。つまり同じ緑色でも標準色を中心に、明るくなればなるほど「生」に近づき、暗くなればなるほど「死」に近づくと考えられる。死の恐怖を伴う発作をはじめ、常に死と背中合わせに生きてきたドストエフスキイが、生をも死をも意味する色「緑」を捨てておくだろうか。まさにロシア的《二重性》を表現しうる記号なのである。

4　＜緑色のカーテン＞

すでに述べてきたように、ドストエフスキイは、ラファエッロの≪システィーナの聖母≫からひらめきを得て『白痴』の第四編、結末のシーンを構想し、遡ってこの小説を肉付けしていったのではないか、と私は考えている。その根拠を跡付けるために、この名画と小説の終局の部分とを比較してみたい。

まず絵＊［図1］の方であるが、画面中心に聖母マリアが、幼いキリストを胸に抱き、美しくも力強い立ち姿で描かれている。膝をまげて左足を軽く後ろにひいた優雅なポーズは、聖母像以外なら、他の作品にも散見できる。但し、システィーナの聖母の場合、雲の上に爪先立っているせいか、静止のポーズというより、足元にまだ動きを残した、ちょうど今カーテンを開いて天界から姿を現したかのような印象を受ける。上部に金具をつけた厚い緑色のカーテンは、ゆるやかな弧を描いて左右に開かれている。演劇的手法を得意とするドストエフスキイには、さながら舞台の幕のように映じたのではなかろうか。

＊「図１」——口絵カラー図版又は図１参照。

聖母子の左側の人物は、この絵の注文者とみなされているユリウス二世に似せて描かれた三世紀の教皇、聖シクストゥス二世とされている（システィーナはシクストゥスの、の意）。教皇は聖母子を見上げながら、左手を胸に、右手人差し指を鑑賞者の方へ向け、マリアに対し何か語りかけているかのようである。右側には聖母に劣らず美しい聖女バルバラが、彼女の持物《アトリビュート》である塔*1を背にして、やや不安定な姿勢で立ち、画面下部には二人の有翼の童児《プッティ》たちが配されている。左下隅には教皇の三重冠*2が置かれ、左側の人物の身分を教えている。

教皇の視線はまっすぐマリアに向かい、マリアとイエスは憂いを含むような眼差しを鑑賞者の注視からやや画面右下に逸らしている。バルバラは下方の童児たちに視線を落とす。童児たちの視線はマリアに注がれているようにも、またバルバラに向けられているようにも見える。これら登場人物の視線の方向は、聖シクストゥスから発して時計回りに楕円形に進む。教皇の指は鑑賞者を指しているのだから、観る者は彼の指の命ずるままに彼の視線を追うことになろう。童児たちを除く四人の人物の頭部は正三角形のピラミッドを形作っている。ラファエッロ円熟期を代表する完璧な構図と美を誇る作品である。

聖母は赤と青の衣装に、風をはらんだ茶色のヴェールを被り、その端がキリストをくるんでいる。別物であるヴェールと青いマントは、かさばり具合から一枚の布地のような曖昧さを観る者に与える。それに対してバルバラの衣装は色も形

＊1——塔：異教徒の父親がバルバラを閉じこめた塔。彼女は秘かに受洗し、父の不在中に、塔の二つの窓を三位一体をかたどって三つにした。父は彼女の改宗を怒り、自らの手で娘を斬首する。（『キリスト教美術図典』より）

＊2——三重冠：1295年以後ボニファチウス８世により輪が２本に（教皇の二重権力の象徴）、ベネディクトウス11世又はクレメンス５世の下に更に第三の輪が加えられた（教皇の司祭権・司牧権・教導権を暗示）。（『キリスト教大辞典』より）

も複雑で、緑色のヴェールがまつわりついている。白い法衣に金襴の大外衣をかけた聖シクストゥスは、その豪華な衣装にもかかわらず、顔の表情や身振りにはいささか高貴さに欠けるものがあるように私には思われる。マリアを崇める法王の歓喜に満ちたお姿であることはわかっていても、正直なところ、物欲し気な駄々っ子老人のようにも見えてしまう。ある画集の解説に[*3]「聖母は雲に隠された球体の上を進むように描かれ」とある。一見球体のように見えるけれど、聖母の右足の右側、即ち球体らしきものの一番はっきりした部分に、教皇の大外衣の文様と同じものが見分けられる。色や裾のまくれ具合からも、その部分は大外衣の裾であろうと思われる。ただし聖母の衣の影と足元の雲が邪魔をして、右足がこの裾を踏んでいるかいないかは微妙である。左足の下にも（この位置では裾が長くなりすぎるが）かすかに同じような文様を感じる。そこがラファエッロの手腕なのだろうか。顔のモデル、即ちユリウス二世は、専横で、美術家を兵隊なみに扱う、恐るべき教皇《パーパ・テリービレ》であったという。

　次に、ドストエフスキイが最重要とする『白痴』の第四編フィナーレの情景を検討する。ロゴージンがムィシキン公爵を連れてナスターシャ・フィリポヴナの死体の置かれた自室へ入る場面である。

　二人は書斎へ通った。その部屋には、公爵が前に訪れたときから見て、い

＊3――画集：ブルーノ・サンティ『ラファエロ』石原宏訳、東京図書、1995、p.58

くらか変化が生れていた。部屋全体を横切って緑色の緞子[*4]の絹のカーテンが張られ、その両端が二つの出入口になっており、書斎とロゴージンの寝台が置いてある小部屋とを仕切っていた。どっしりとしたカーテンはすっかりおろされて、出入口はしまっていた。だが、部屋の中はとても暗かった。夏のペテルブルグの《白夜》は、しだいに暗くなりかけていたので、これがもし満月の夜でなかったら、カーテンをおろした暗いロゴージンの部屋の中では、はっきりものを見わけることはむずかしかったにちがいない。もっとも、いまはとてもはっきりとはいかないまでも、どうやら人の顔ぐらいは見わけることができた。（第四編11）

ここは文字通り死体の安置された死の部屋である。公爵が一ヵ月前に訪れた時には存在しなかったカーテンがその部屋を仕切っている。絹の緞子《どんす》地というから、舞台用の緞帳《どんちょう》に使用されることの多い布地である。しかも両端に出入口がある。出入口は文法上カーテンに附属している。この場面の緑色のカーテンは、厚地で豪華なだけでなく、上手《かみて》と下手《しもて》つきの舞台構造を思わせる作りである。いくらロゴージンが裕福でも、発作的に犯した殺人にこんなカーテンが突如出現するのは不自然だ。「好奇心の強い」女中の「パフヌーチェヴナが感づきそうで」別の部屋から花の鉢も持ってこられないでいるというのに。

＊4――緞子の：＜緑色のカーテン＞の説明は、原文でзеленая，штофная，шелковая занавескаとなっていて大変くわしい。元の訳文ではштофнаяが「花模様の」と訳されている。штофは厚地の織物、緞子である。地紋があるにしても花とは限らない。「花模様の」という訳語は、他の色が混じっているような印象を与えるので変更した。

ロゴージンはろうそくを点けたがらない。もちろん公爵以外の誰も通したくない。暗くて見分けのつきにくいような場所に、大げさなカーテンが必要だろうか。しかもなぜ緑色なのか。特別に意図しない限り、緑色である必要はない。暗いのだからむしろ白色を示す方がおかしい。両端に出入口など作らなくても簡単に出入りできるはずだ。「出入口はしまっていた」とわざわざ断るには及ばない。現に二人はカーテンをちょっと持ち上げて入る。こんな大掛かりなものを持ち出しておいて、作者は「いくらか変化」などとなぜ言い繕うのだろう。ここで「大きな変化」と言ってしまっては手の内を見透かされるので、「きちんと言い切らずに」ほのめかしたのだろうか。

なお引用文中、初めの「絹のカーテン」と「どっしりとしたカーテン」は、仕切りの緑色のカーテン（занавеска《ザナビエスカ》または портьера《パルチエラ》）で、あとの「カーテンをおろした」の方は窓用の白いカーテン（стора《スタラ》）である。日本語では同じ訳語になるので紛らわしいが、テクストの用語は異なる。

満月の白夜、白い窓掛けを通してさしこむ月明かりだけの闇の中、という幻想的な場面設定である。白いシーツに緑色のカーテン、白と緑だけが演出されている。暗くて緑色のカーテンも見えないかというと、そうでもない。「暗いところでは波長の短い緑や青が比較的よく見えるようになる」というプルキニエ現象[*5]から理解できる。「月光のもとでは赤い色は黒ずんだ褐色となり、白い物はうす青

＊5――プルキニエ現象：塚田敢『色彩の美学』、紀伊國屋書店、1978、参照。

く、その他のものもすべて青緑を帯びて見えるのである」。緑色のカーテンは科学的にみても効果的といえる。それにしても、「緑色の緞子の絹の」という三つの形容詞を従え「二つの出入口」を具えた、具体的なようで曖昧なこのカーテンの不思議さには、考えだしたら切りがないくらい作為を感じるのである。

能の『野宮《ののみや》』で、後シテの六条御息所の霊が、野宮を訪ねた源氏を偲んで、小柴垣に囲われた作り物の鳥居の中に、右足を一歩踏み入れ、また引き戻し、「生死の道に迷う」場面がある。この鳥居は「聖と俗の両空間を隔てる機能を果し」ている。「鳥居の向こう側はシテにとっては異界であり小暗い闇の空間」である。[*6]《システィーナの聖母》のカーテンは、ちょうどこの鳥居に似た役割を持たされているのかもしれない。それを凝視したドストエフスキイも、フィナーレの緑色のカーテンに同じ性格を与える結果になったのかもしれない。夢幻能では必ずといっていいほど前《まえ》シテが後《のち》シテにまつわる物語をし、自分がその化身《けしん》であることをほのめかして消える。それを聞くワキは――たいてい回向《えこう》を頼まれる旅僧《たびのそう》――現在体の人間で、いわば観客の立場にある。幽玄性の強い本鬘物《ほんかずらもの》の後シテは美女の亡霊であることが多い。六条御息所はもちろん美女であり、一方の美女葵上との車争いといい、源氏への思いを断ち切るべく身を退《ひ》く運命といい、偶然にも『白痴』のヒロインとの類似も見出せる。逆に新作能では『復活』(一九六三年)、『復活のキリスト』(一九五七年)等、キリストもマリアも登場している。ドスト

＊6――鳥居:『岩波講座 能・狂言VI 能鑑賞案内』、1989、参照。

エフスキイがもし夢幻能の世界に接する機会があったなら、狂喜したことと思う。
とどのつまり〈緑色のカーテン〉は、ロゴージンにとって必要だったのではなく、作者にとって次の沈黙の場面転換に使いたい舞台装置だったのではあるまいか。死者の横たわるカーテンの中は舞台、ロゴージンと公爵のいる外側は観客席、芝居は終わり、暗くなっているかのようである。

主人公ムィシキン公爵とその分身的存在ロゴージンは、女主人公ナスターシャ・フィリポヴナの死体を前に、緑色のカーテンを隔てて並んで横になる。七月初めの、死臭がただよいかねない暗い閉め切った部屋の中で、二人は一夜を明かすことになる。この一見無気味な幕切れに、美術に造詣の深いドストエフスキイが最大の賛辞を惜しまなかった《システィーナの聖母》のイメージが巧妙に隠されているように想像される。死の部屋の閉じられた緑色のカーテンが静かに開き、「運命の犠牲者」（創作ノート）ナスターシャ・フィリポヴナが、幼児「キリスト公爵」（創作ノート）をしっかりと胸に抱いた聖母マリアとして甦る。聖母像に向かい、心を通わせるうちに、ドストエフスキイはそのような幻想を抱いたのではないだろうか。

作家は長編のフィナーレでカーテンをおろし、それをラファエッロの絵のように開きたかった、死せる美女をラファエッロのマドンナのように立ち上がらせたかった、と見るならば、幕切れのカーテンは緑色でなければならない。ロゴージンの部屋の暗い緑のカーテンは「死」を象徴し、聖母子の顕現する明るい緑のカーテンは「生」と「復活」を象徴しているといえよう。〈緑色のカーテン〉の存在は、死から生への色彩効果と、静から動への劇的効果としての、二重のトリックを暗示しているように思われる。

5　聖母マリアと絶世の美女

「フェージャは、聖母《マドンナ》の頬笑みには嘆きがこもっているといった」。これは夫人の日記[*1]の引用だが、システィーナのマドンナをドストエフスキイはそのように受けとめていることがわかる。ムィシキンも、ナスターシャ・フィリポヴナの顔に底知れぬ苦悩をよみとる。

小説の中でもしばしば「婦人問題」が顔を出すように、虐げられた女性たちを救済したいというドストエフスキイの願いは、作中のスイスの山のマリイに象徴されるような、現実のロシアの悲惨な状況に置かれた女たちに向けられる。作家はマドンナの容姿から嘆きの美女ナスターシャ・フィリポヴナを創り上げ、彼女に不幸な女性たちを代表させ、≪システィーナの聖母≫の世界に融合させようと図った、緑色のカーテンを開き、俗なる世界から聖なる世界へと一歩踏み出させることによって、復活させたかったのだ、と考えたい。

システィーナのマドンナは、ドストエフスキイの眼にかねがね理想の女性像と

＊1――日記：前掲書　p.12
1867年4月19日（4月18日の項目に入っている）。ドレスデン到着当日のこと。

してとらえられていただろう。ドレスデンでこの絵を改めて念入りに鑑賞した時、第四編のフィナーレの構想が浮かび、それに固執したと想像される。彼自身が言う「小説の大詰めのために、この長編全体が書かれ、構想されたにもひとしい」のである。最愛の絵によって最愛のテーマを生かし、最愛の姪ソフィヤに捧げて書かれるならば、彼にとって最愛の作品であっても不思議はない。ソフィヤに捧げようと決めたのは、マドンナの前に立ちつくすうちに、理想の女性ソフィヤが浮かび上がってきたからではないだろうか。マドンナのイメージは長女を抱いたアンナ夫人にも重なる。『白痴』の中で信仰の原点と讃えられる「赤子のほほえみに十字を切る農婦」にも、「乳飲み児を抱いたヴェーラ」にも重なり合う。そして、二十歳のヴェーラにはアンナ夫人の面影がにじみ出ている。

椅子の上でこの絵を見つめた三ヵ月後には、作品をソフィヤに捧げることにする。結末のほかはそれほど構想が固まっていたわけではない。十一月末には書きためた原稿を捨てるほど苦しみぬく。「完全に美しい人間」を描くことの難しさもさることながら、フィナーレの構想が先行する制約も大きい。なぜ結末は動かせないのだろう。結末の陰に隠されたもう一つの大団円が、ドレスデン絵画館の一隅と作家の脳裡にどっしりと納まっているからではないだろうか。そして作者は、大団円のファンタジーの幕を開く役目を読者に委ねるという冒険を試みてはいないか。カーテン・コールは観客の拍手によって行われるものである。

作家は、挙式直前のナスターシャ・フィリポヴナについての公爵の意見として、「しかし、彼女はまだ復活しうるものと、彼は心から信じていた」という意味深長な言葉を残す。創作ノートにも「彼は人間を再興させ復活させようという〈甘い夢想〉に忠実だった！」という一節がある。後年フョードロフの説（簡単にいえば、われわれには報恩のため祖先を復活させる義務がある、それを科学的に行おうというもの）に共鳴し、『カラマーゾフの兄弟』の最後のページをしめくくる復活の思想を、作家は『白痴』のフィナーレでも匂わせているようだ。その萌芽は、最初の妻マリヤの死の翌日に書き込まれた手帳の中にうかがわれる。

ここでナスターシャ・フィリポヴナの運命とはどういうものなのかかいつまんでおく。

十八年前、ナスターシャ・フィリポヴナ・バラシコーワの父は貧乏暮しの地主だった。もとは貴族出身の退役士官。留守中に家が焼け夫人は焼死、自分も一ヵ月後に狂死。孤児となった七歳の彼女と妹（まもなく病死）を、隣に領地をもつ上流社会の財産家トーツキイが「義俠《ぎきょう》心から」引きとり、しかるべき家族のもとで養育させ、自分は外国にいたので、十二歳になるまで忘れていた。ある日美しい少女に気付いた彼は、彼女に家庭教師をつけ田舎の屋敷に移す。四年後「慰めの村」という名の別の領地に未亡人の女地主と召使たちと共に移され、優雅な暮しが与えられた。トーツキイは夏ごとに訪れては滞在し「何事もなく幸福に」

四年間が流れ、彼女は二十歳になった。ところがトーツキイがペテルブルグで「りっぱな華々しい縁組をしようとしているという噂《うわさ》」が耳に入るや彼女は豹変し、「まったく別の女性」として彼の前に現れ「憎しみのために結婚をゆるさない」と宣言する。以来トーツキイは彼女を「ペテルブルグに住まわせ、豪華な暮しをさせ」る費用をもつだけで五年が経過した。もてあました彼は、彼女に持参金をつけてガーニャと結婚させようと考えるが、二十五歳の彼女は「私は自由な女」と主張して一歩もひかない。

ナスターシャ・フィリポヴナは「ほんとうはこんな女では」ない。自分ではどうすることもできない運命に弄ばれたにすぎない。

「この女《ひと》の運命は並みはずれたものにちがいありませんね。顔つきは楽しそうに見えますが、ほんとうはたいへん苦労をしたんでしょう、え？　眼がちゃんとそれを物語っていますよ。それからこの二つの小さな骨が、眼の下の頬《ほお》の上にあるこの二つの点でもわかりますよ。これは誇りにみちた、おそろしく誇りにみちた顔ですね。気だてのいい女《ひと》かどうかは、私にはわかりませんね。ああ、もし気だてのいい女《ひと》だったらなあ！　それなら何もかも救われるんだけれど！」（第一編3）

と、ムィシキン公爵は彼女の写真を見て占う。「二つの点」とは две точки《トーチュキイ》、彼女の運命を狂わせたのはトーツキイ（Тоцкий）であると、発音の類似に着目した作者は、絶世の美女の眼の下にピエロの涙のような刻印を押したのであろう。彼女は言葉の上でこそ「売女《ばいた》」などと卑しめられてはいるものの、実像は公爵のいう通り「純潔な」女性であり、トーツキイだけが、汚点 точки《トーチュキイ》なのだ。実際、小説の進行中、トーツキイさえもはや過去の人であり、そのほかにロゴージンも公爵も含めて彼女の相手は一人もいない。読者は錯覚させられるだけで、周囲の男たちの「誰ひとり彼女を自慢の種にすることもできなければ、何かそれに類した話をすることもできない」のである。

「しかし、あなたはさまざまな苦悩のあとに、その地獄の中から清らかな人として出てこられたのです」と、ナスターシャ・フィリポヴナに求婚した公爵は、彼女の真の姿を見抜く。この言葉は作者が聖母像に対して抱いた印象だったかもしれない。作者は彼女を表面的には手ひどく貶《おとし》めながら、一方で老人や社会的弱者をいたわり、小間使いたちにも慕われている様子など、ちらりちらりと見え隠れさせて「ほんとうはこんな女では」ない、と信号を送る。そのためにも「ナスターシャ」ではなく「ナスターシャ・フィリポヴナ」と、常に父称つきの敬称*2で呼ばせるのだろう。皮肉をこめた呼称のようにみせて、実は聖母マリアとして復活させるための配慮かと受けとれる。第一編の幕切れ、ガーニャの忍耐力を試し

*2——父称つきの敬称：長いので省略する訳文が多いが、テクストは常に父称つき、子供の時だけナースチャ（愛称）。なお、ナスターシャはアナスタシヤの口語形。ロシア人の名前はファーストネーム＋父称（父親のファーストネームの変化形）＋ファミリーネームの三つからなる。ファミリーネームを除いた形が敬称。ファーストネームの愛称は親密度によっていくつも呼び方がある上に卑称もあり、混乱しやすい。
上記ガーニャはガヴリーラの愛称（ガヴリーラはガヴリールの口語形）。

た〝十万ルーブリ焼却騒ぎ〟で、気絶したガーニャのために「カーチャ、パーシャ、この人にお水を、それから気つけ薬を！」と叫び、意地にも燃してしまうはずの金包みを火中から取り出し彼に残して去る、そんな激しさの中でさえ彼女の本心である優しさが顔を覗かせている。

「ほんとうはこんな女ではない」という言い訳は、多少の変化をつけて前後六回くらい出没する。私は何かにつけ統計ばかり取っているようだが、もちろん回数で重要度が増すなどと主張するつもりはない。まして繰り返しはドストエフスキイの常套手段である。しかし意識的にせよ無意識的にせよ、繰り返しはある種の心理的要素を含んでいる。度を超えた執拗さには注意したいと思う。

写真でわかるような「眼の下の二つの点」があったのでは絶世の美女とは言えないだろうに、作者はあえてそれを行なない「いかなる点でも罪はない」彼女の運命の起点をそっと教える。点を一つにしたらよかったのにといわれても、そうはいかない事情がある。одна《アドゥナ》 точка《トーチュカ》（一つの点）ではトーツキイという発音とうまく結びつかないからだ。

「まあ、なんていう力でしょう！」「こういう美しさは力ですわ」「こんな美しさがあったら世界をひっくりかえすことだってできるわ！」、画家のアデライーダが写真を見て叫ぶ。この場のアデライーダは《システィーナの聖母》を前にしたドストエフスキイだろう。「美は世界を救う」にも通じるが「世界をひっくりかえす」という表現は、フィナーレのどんでん返しを想像する私にはかなり暗示的に聞こえる。同じ場面でリザヴェータ夫人は「わたしは二度この女《ひと》を見たことがあるけれど、ただ遠くからだったので……」と言い、こういう美人が好きなのかと公爵にたずねる。彼はそうだと答え「この顔のなかには……じつに多くの苦悩がありますから……」とつぶやくように口をすべらす。夫人は「でも、ひょっとすると、それはあなたが幻を見ているのかもしれませんよ」ときめつける。どうみても絵の前のドストエフスキイ的な台詞《せりふ》が多いのである。

死体についての描写を見よう。

眠れる人は頭からすっぽり白いシーツをかぶっていたが、その手足はなんだかぼんやりとしか見わけがつかなかった。ただ盛りあがっているところから、そこに人が手足を伸ばして横たわっている、ということだけがわかった。あたり一面乱雑に、寝台の上にも、足もとにも、寝台のすぐそばの肘掛椅子《ひじかけいす》にも、床の上にまで、脱ぎすてられた衣装《いしょう》が、豪華な白い絹の服や、花や、リボンなどが、ちらかっていた。枕もとの小さなテーブルには、はずしたまま投げだされたダイヤモンドが、きらきらと輝いていた。足もとには何かレースらしいものが、まるめられて捨ててあったが、その白く浮いて見えるレースの上には、シーツの下からのぞいたあらわな足の爪先が見えた。それは

まるで大理石から刻まれたもののように思われ、恐ろしいほどじっと動かなかった。(第四編11)

画面の聖母の足もとには白い雲が湧きあがり、その上に立つ聖母の足元はあらわである。聖母や他の人物が素足で描かれるのは珍しいことではないが、≪システィーナの聖母≫についてはマドンナの素足だけが目立つ。それも恐らく観る者の眼の高さで。実際にあった事件[*3]からの借り物ではあるが、「アメリカ製の上等な油布でくるんで、その上からシーツをかけ」「栓《せん》を抜いたジダーノフ液(訳注 防腐剤)の壜《びん》も四本並べて」おくほど念の入ったロゴージンが、なぜ死者の足元だけあらわにしておくのか。眠れる人の足もとのレースは白い雲のイメージとしか考えられない。聖母の背景の無数の童児《プッティ》たちは、見分けがたく雲に同化している。寝台の周囲が単なる床ではなく、白いものが一面に散らばっている情景は、マドンナの背景の変形かと疑われる。

エパンチン家で死刑の話をする公爵は、画家のアデライーダに「ギロチンの落ちてくる一分前の死刑囚の顔」を描いてほしいと頼む。

「私はその顔を一目見て、何もかもがわかってしまいました……」「でも、その絵の中には、以前にあったことを何もかも残らずあらわしていなくちゃい

＊3――実際にあった事件:「モスクワの殺人事件」(本書III－2 ＊3参照)は、1867年11月末に公判記事が公になる。ロゴージンは身分・生活・犯行後の処置等がこの犯罪者に類似(第四編11)。作家は12月に入って、それ迄の原稿を書き直している。

けないんです」（第一編5）

ほかの顔は「まるで霧の中にでもあるようにバックのほうにぼんやりと描いたらいいでしょう」と言う。ここでドストエフスキイは、《墓の中のキリスト》と《システィーナの聖母》とを意識していただろう。「何もかも」表現しているもの、それこそが芸術だと彼は言いたいのである。

ドストエフスキイは『一八六〇―一八六一年度の美術アカデミー展覧会』と題する皮肉たっぷりな美術批評[*4]の中で、ある作品を採り上げる。第一位金メダルを得た《休止する囚人隊》。「休止は、荷馬車がこわれたので、余儀なくされたものである。車輪が轂《こしき》を上にして一つころがっている」云々、という具合にストーリイを添え、結局こきおろす。これは写真的真実であって現実ではない、現実的真実が芸術だというわけで、豪華な褒美と人気と千五百ルーブリの「売約済み」に八つ当たりするのである。

彼は借金だけでなく、いろんなものを、どこからでも、借りてくる天才である。もちろん琴線に触れるものでなければならない。《システィーナの聖母》から彼が何の物語も引き出しえないとは私には到底考えられない。

＊4 ――美術批評：全集25、p.358以下。

6　幼児《おさなご》キリストと「完全に美しい人間」

すでに述べたように、ムィシキン公爵は登場からしてキリストを思わせる。作者にその意図がある以上当然だろう。

「キリスト公爵」ムィシキンは、透視力を具え、テレパシーを感じることのできる、半ば超能力者である。子供が好きで大人は生来嫌いなのだが、どこかに子供っぽいところを見出すと、すぐその人に好意を持ってしまう。相手も彼が好きになる。汽車に乗り合わせたロゴージンが別れぎわに「公爵、なぜだかわからんが、おれはあんたにほれちまったよ」と白状すれば、ムィシキンは「私もあなたがすっかり気に入ってしまったんです」と返して、好きになってもらった礼を言う。俗人を大人とすれば、自身は俗人離れしているために「まったくの子供」であり、白痴と言われるほどだ。スイスでのマリイと子供たちとの交流の話は子供礼讃物語でもある。

第一編で作者は、公爵がいかに子供であるかを強調しようとするかのように、登場人物たちに「子供」と「白痴」を連発させる。「まったくの坊や」で「いっしょに目隠しの鬼ごっこ遊びをしてもいいくらいだよ」などとふざけるエパンチン将軍の言いぐさに、夫人は食事のとき公爵の「首にナプキン」を結わえさせようかと考える始末。愚かな情熱のとりこになってナスターシャ・フィリポヴナに高価な真珠の贈り物を用意した将軍は、何とかして食事の席をはずし奥方の鋭い矛先をかわしたい。そこへ渡りに船の公爵である。「《まるで神さまがおよこしになったみたいだな》」とばかり、公爵坊やを夫人に押しつけ逃げをきめる。何気ないが、強調されたこの挿入句は、幼児キリストの的確な暗示と言えよう。ロゴージンの「神さまはおまえさんみてえな者をかわいがってくださるのさ！」という言い回しも意味ありげである。

慌てて書いた第一編の公爵は子供でありすぎた。彼には充分発言してもらう必要がある。作者は修行に出すかのように、ムィシキンに半年の空白を置く。事実、再びペテルブルグに戻ってきた公爵は、うるさ型のベロコンスカヤ公爵夫人の薫陶もあり、かなり世なれてきている。マントもゲートルも包みもどこへやら、身につかない流行の服に着替えて現れた。半年後は五月末、小説の結末は七月初めだから、偶然にもせよ、その間は緑の季節ということになる。なお、ムィシキン公爵の誕生日は六月初め（八日頃？）と推定される。彼は新緑のころに生まれたのである。

マイコフ宛の手紙[1]の中で、「ナスターシャ・フィリポヴナの性格の完全な正確さについては、もっとも、私はいまでも確信をもっています」と言う作者が、一方でムィシキン公爵の描出を「弱々しい」と嘆くのも、もし《システィーナの聖母》が下地にあるならば、マリアの方は憂いを含んだ堂々たる「美と力」を湛えているのに、キリストの方は幼児であることから来るのかもしれない。そんなことで左右されるはずもないが、「完全に美しい人間」を描く困難さをいやというほど承知の上でとりかかった作品にしては、なぜ女主人公ばかりが力強く前面に押し出され、肝心の主人公は後退してしまうのか。ラファエッロの聖母とその腕の中にある人を見ていると、その理由がわかる気がしてくる。噂で包んだ六ヵ月の空白は「完全に美しい人間」創造の苦闘を物語るかのようだ。

公爵とナスターシャ・フィリポヴナは、初対面でこんなやりとりを交わす。

「でも、なぜあたしだってことがわかりましたの？　以前どこであたしをごらんになりまして？　まあ、どうしたんでしょう。あたしまでなんだかほんとにこの人をどこかで見たような気がしてきたわ。失礼ですが、さっきはなぜいきなり棒立ちになっておしまいになったの？　あたしには何か人を棒立ちにさせるようなものがございまして？」（中略）

「写真と、それから……」

＊1——手紙：ジュネーヴ、1868年3月20日付（全集22、p.188）。

「それから？」

「それから、私はあなたはきっとこんなかただと想像していたものですから……私もなんだかどこかであなたにお目にかかったような気がしますよ」

「どこで？　どこで？」

「私はあなたの眼を、まるでどこかで見たような気がするんです……（以下略）」（第一編9）（傍線引用者）

「どこかで」と「それから」が曲者《くせもの》である。「どこかで」は「ドレスデンで」、「それから」に続くのは《システィーナの聖母》ではないだろうか。作者は「それからあの絵……」と言わせたいのを我慢しているように見受けられる。なぜ互いにどこかで見たような気がするのかは、二人をラファエッロの聖母子に重ねれば辻褄が合う。ドストエフスキイも絵の前で「棒立ちに」なっているはずだ。

なお、作者の設定では、二人とも七歳のとき父を亡くしたことになっている。何か意味があるか、そこまではわからない。ところで絵には聖母子のほかに、両側に二人いる。登場人物は四人である。そこに眼が行くのは自然であろう。

III

1　四人の主人公

世の中には、焚き火を趣味とする人がいる。当人は芸術だと思っているかもしれない。科学的知識も必要だろうし、作法もわきまえねばならない。少なくとも、土の見える庭と落葉樹ぐらいあったほうがいい。奥の深い、ぜいたくな趣味といえる。しかし、ひとすじの煙が立ちどころに消防車を招いてしまう現代では、そんな風流を味わう環境に恵まれた人がどれだけいることか。わずかなお湿りのあとの初冬の曇り日、あるかなきかの風に煙をあずけ、枯れ葉のくすぶる匂いとぱちぱちはねる音にかすかな興奮をおぼえつつ、炎の色やゆらぎに、その微妙な変化の美しさに恍惚となる。そのとき、頭の中は哲学者の心境に変わっていくことだろう。たとえ後片付けが残っていようとも、それは孤独な楽しみの締めくくりに過ぎない。

ドストエフスキイにも似たような習癖がある。以下はアンナ夫人の日記[*1]による。

＊1　日記・1867年10月19日付（ジュネーヴ）。『アンナの日記』p.477。
なお、この日、夫人は写真館で自分の写真を6枚組で撮ってもらい、21日に母親に1枚送っている。夫人の気に入らない出来で、エビのような眼だと評しながら夫は1枚もらってノートにはさんだ由。この写真は現存していないらしい。残り4枚はどうなったのか。

毎日、朝晩、彼は暖炉をたく。これに彼はずいぶん気を配っていて、完全に燃えきらせるようにと段取りを考え、ちょっとした薪片でも、燃えきるだろうか、燃えきらないだろうかと頭を悩ませているのは、見ていてもおかしくなってくる。

本人が真剣であればあるほど、周囲は笑いたくなるものらしい。一面、彼の作家としての仕事ぶりを言い得て妙である。暖炉をたくのが彼の役目で、薪の不完全燃焼を嫌うのだそうだ。火かき棒を手に火を見つめるドストエフスキイの姿が眼に浮かぶ。このとき彼は、貴重な時間を家事に奉仕しているのではない。ロゴージンの〃十万ルーブリ焼却騒ぎ〃でも、暖炉に投げ込まれた包みをなめていく、まるで生き物のような火の描写は見事である。

落語にもある。あまり炭火をいじくるので、火箸を取り上げられた男のひとりごと「あの炭をここへ、この炭をあそこへ」。火鉢に両肘ついて、独り空想の世界にひたる子供のような瞳に、炭の色が赤く映える。今や過去のものとなった日本的風景の中にドストエフスキイがいる。一生をウスリーのタイガで送った自然人デルスー・ウザーラ[*2]は火を一人、二人と数えた。火は生きていて、仲間だから。

ジュネーヴのあまりの寒さに、ドストエフスキイは気も狂わんばかりロシアへの郷愁にかられ、スイス人を罵倒する。一八六七年十二月三十一日、親友マイコ

＊2――デルスー・ウザーラ：ゴリド人の猟師で実在した人物。ウラジーミル・アルセーニエフ『デルスー・ウザーラ』長谷川四郎訳、河出書房新社、1975年、参照。黒沢明の日露合作映画『デルス・ウザーラ』（1975年、モスフィルム・日本ヘラルド）の主人公。隊長アルセーニエフは兵をつれての沿海州ウスリー地方地誌調査行で1902年アニミスト、デルスーに出会い、案内人に頼む。デルスーは1907年、森の中で強盗に殺された（58歳ぐらい）。

フに宛てた手紙の末尾で、彼は現代に通じる環境破壊を憂えている。

> スイスにはまだかなり森があり、山岳地方には、他のヨーロッパの国と比べるとはるかにたくさん残っていますが、毎年ずんずん少なくなっていくようです。〈……〉どれほどの森をむだに費消しようと、ひとつも暖かくないのです！　しかもどうでしょう！　窓を二重枠にしただけでも、切り暖炉一つでしのげるのです！　ロシア式暖炉を作りつけろなどとは言いません。そうすれば、この森をそっくり救えるのですが。二十五年も経つうちには、森は跡かたも残らなくなるでしょう。まったく野蛮人そのままの生活です。

もはや火を楽しんでなどいられない。部屋の中で水が凍り、一日中焚き続けて何の効果もない住まいの構造、無意味に緑をむしばんでいる罪悪感にいらだち、スイス人には生活の智恵がないのだとののしり嘆く。ロシア式暖房で森が救えるはずもないし、十九世紀末にスイスの森が姿を消したりはしなかったが、地球上の森は急速に減少し、今や跡かたもなくなりつつある。

大晦日に震えながら書いた上記マイコフ宛の手紙[*4]は、『白痴』について、またドストエフスキイを知る上で、内容豊富な点、随一と思う。次のくだり[*5]では何を言わんとしているのだろうか。

＊3――手紙：ジュネーヴ発信。（全集22、pp.166〜167）
＊4――手紙：この手紙（1867・12・31）全体は全集22、pp.159〜168。
＊5――次のくだり：上記手紙のpp.162〜163。

だいたいのプランはできあがりました。その後、デテールがつぎつぎとひらめき、それには大いに魅力を感じさせられていますし、私の内部の熱を維持してくれています。しかし、全体のまとまりは？　主人公は？　というのは、全体のまとまりが私の場合、主人公の形を取って出てくるのです。これは前からそう決まったことです。そこで主人公像をはっきりさせないとなりません。書いているうちにそれが育ってくるだろうか？　ところが想像してもみてください、心にもなく、空恐ろしいようなことになってしまったのです。つまり、主人公のほかに、もう一人、女主人公がいる、したがって**主人公が二人**になってしまったのです!!　この二人の主人公のほかに、さらに二人、完全な主役の人物、ほとんど主人公にひとしい人物がいます〈……〉。四人の主人公のうち、二人は私の心の中でしっかりと輪郭が定まっています（おそらくロゴージンとナスターシャ）、もう一人はまだまったく定まっていません（アグラーヤ）。そして四人目、つまり、いちばん中心的な、第一の主人公は――並みはずれて弱々しいのです（ムイシュキン）。あるいは、私の心の中ではそれほど弱々しくはないのかもしれませんが、とにかく恐ろしく困難なのです。（括弧内訳者註）

十一月も末、第一編前半の原稿は捨ててしまった。書き直し分は十二月末に二度に分けて発送している。その直後の手紙*6である。

「主人公のほかに、もう一人、女主人公がいる」、そんなことはごく当たり前だろうに、感嘆符を二つもつけている。「主人公が二人」は強調されている。この女主人公の出現は、作者としても思いがけないことなのだろう。問題なのは「さらに二人、完全な主役の人物」がいることだ。「ほとんど主人公にひとしい人物」とイタリックになっている。二、二が四で合計「四人の主人公」ができあがってしまったことが「心にもなく、空恐ろしいようなこと」らしい。「四人の主人公」のうち、アグラーヤとおぼしき一人は輪郭が「まだまったく定まっていないのに「完全な主役」に入るという。どうも理屈に合わない。

不満ながらようやく導入部を書き終えた。主役は四人に増えたけれど、一人はおぼろげで、第一の主人公は影が薄くなってしまった。手紙の文面からは、驚きと喜びが混じり合ったような、奇妙な困惑が伝わってくる。自分で四人に決めておいて、何を慌てているのだろう。まるで「四人の主人公」を設定することが彼に課せられた義務でもあるかのような口振りである。自分の意志ではない何かに衝き動かされた結果なのだとでもいうように。それに「心にもなく」と、ある時点までそんなつもりのなかったことを裏づけている。

一方、《システィーナの聖母》のほうは、上段に男女の「**主人公が二人**」いて、

＊6――手紙：この手紙を書いた1867年12月31日（ジュネーヴでは新暦1868・1・12）は、ドストエフスキイにとって大きなけじめの日であったろう。前日で「第一編全部」（現行第一編１～７）を発送し終え、やっと人心地がつき、一番の親友に手紙を書く。翌日は姪ソフィヤに書いている。

中段に「ほとんど主人公にひとしい人物」が男女二人、合わせて「四人の主人公」がいるのである。ドストエフスキイが「心にもなく」「四人の主人公」を設定して苦しむ理由はここに求められはしないだろうか。

破棄した原稿では、主役はアグラーヤを除く三人だったとも考えられる。結末のシーンも三人である。最重要のフィナーレのために長編を書くのなら、先に決まっていて変える気のない結末に、アグラーヤが顔を出さないのはむしろ当然かもしれない。その後主役が四人になったからといって、最終場面に全員そろわなくてはならない道理もない。ただ、輪郭の定まらない人物が初めから「四人の主人公」に入っていることはやはり不自然である。

構想は何年も前に遡るが、本格的にとりかかったのが九月頃、十月から筆を執り、十一月に原稿を捨てる。恐らく十一月に入ってから、嘆きを秘めた聖母の化身の如き女主人公が、第一の主人公もたじろぐ程の力強さを増してくる。ちょうどナスターシャ・フィリポヴナが「突然並々ならぬ決断力を示し」「まったく別の女性として」トーツキイの前に現れたように。同時にキリストをモデルとした主人公は、聖母の腕の中におさまろうとする。あれほど大切にしてきた「完全に美しい人間」が弱々しくなってしまうではないか。これには作者も参るが、まだ先は長い。結局、ひと足遅れて参入あるいは昇格したアグラーヤも力をつけ、ロゴージンと共に「さらに二人、完全な主役」が「二人の主人公」のワキを固め、

「四人の主人公」ができあがる。マイコフに成り代わり、そんな想像をめぐらしてしまう。この手紙から〝今や、何としてもシスティーナの四人を使いたいのです〟という声が聞こえてくるようだ。

ドストエフスキイは作品のプランを決して夫人に明かさない。速記と清書を受け持つからといって、彼女は単なる事務的助手、現代ならワープロに過ぎない。夫人は読者としての興味を抑えきれず、ときおり夫のノートをこっそり覗いたりするが、見たところで何がわかるものでもない。もちろん沈黙を守っている。彼は心から信頼するマイコフにさえ肝心なところは伏せて、「想像してもみてください」と逃げてしまう。そして、ほのめかし程度の打ち明け話にも、こう付け加えるのを忘れない。「私が長編について書いたことは、そのときがくるまでだれにも話さないでください」[*7]と。

ドストエフスキイが傾倒したシラーは、親友ゲーテに構想をしゃべらずにはいられなかった。その点ドストエフスキイは慎重で、すべては心の奥深くしまいこまれている。むしろ、書くまで黙っているゲーテのほうに似ている。同じ詩人でもゲーテとは比べようのないマイコフだが、頼られ過ぎが気の毒なほどの温かい人柄をドストエフスキイはどれほど慕ったことだろう。ドストエフスキイの作品の中にマイコフを探せば、ラスコーリニコフの友人ラズミーヒンが思い浮かぶ。シラーの場合なら、音楽家の親友シュトライヒャーの立場に近いかもしれない。

＊7——話さないで：1867年12月31日付手紙のなか。

『白痴』の中にも、ちらりとシラー関連の地名が出てくる。四年間スイスで療養していたムィシキン公爵が、初めてエパンチン将軍の書斎に通された時のこと、

「〈……〉あ、この風景画は知ってますよ。これはスイスの景色ですね。この画家は自然をスケッチしたんだと思いますね。それに、私はたしかにこの場所を見たことがありますよ、これはウリー州の……」（第一編3）

と、言いかけて将軍の言葉にさえぎられる。ウリー（uri）州はスイス連邦形成の中核地。シラー晩年の戯曲（一八〇四年）『ヴィルヘルム・テル』の舞台である。

ところで若いころシラーに夢中[*8]になったドストエフスキイには、真似したわけでもないのに不思議にシラーと共通点が多い。父親は軍医、自身は貧苦に病苦、ゆとりのなさと理想主義、キリスト的傾向、そして人も羨む良妻を得た。

アンナ夫人の日記には、速記者として初めてドストエフスキイに会った日[*9]、口述はそっちのけでしゃべり続けるなかで、「マイコフについては、このうえなくよい人物で、最もすばらしい人間、文学者の一人だ、と彼はいった」とある。

＊8――シラーに夢中：ドストエフスキイの好きな作曲家はベートーヴェン、モーツァルト、グリンカ、セローフなどで、若い頃はバレエやオペラにも熱中。オペラでは『ウィリアム・テル』や『ドン・ジョヴァンニ』がお気に入りだった。シラーは、自分をドレスデンに招いてくれたケルナーの友情に感じ、「歓喜の歌」（An die Freude）を作り、ベートーヴェンは、この詩に感激して、その一部に曲をつけ、第九交響曲に合唱曲として入れた。シラー、ベートーヴェン、ドストエフスキイは、貧苦・病苦・働き通しで共通している。

＊9――会った日：前年（1866）の10月4日のこととして。『アンナの日記』p.437

2　ローマ法王

「二人の主人公のほかに、さらに二人、完全な主役の人物」とは、聖母子の両側の人物からの着想と考える。すなわち、左側の教皇（法王）から悪役ロゴージンを、右側の聖女バルバラからは若く美しいアグラーヤを。

ドストエフスキイは、エパンチン家の夜会の席上、ムィシキンの口を借りて激しいローマ・カトリック攻撃[*1]を展開する。

「まず第一に非キリスト教的な信仰ですね！」〈……〉「これが第一です。それから第二には、ローマ・カトリックは例の無神論よりもっと悪いくらいですよ、これが私の考えです。そうですとも！　これが私の考えです！　無神論はただ無を説くにすぎませんが、カトリックはそれ以上のものですからね。それはゆがめられたキリストを説いているからです、みずから誹謗《ひぼう》し中傷することによって、まるきり正反対のキリストを説いているからです！

＊1　ローマ・カトリック攻撃；興味のある方は、一例として『ラブレー第四之書 パンタグリュエル物語』第48～54章を参照されてはいかが。ローマ・カトリックへのラブレー一流の痛烈な諷刺・揶揄がうかがえる。

それは反キリストを説いているからです、この点は誓ってもいいです、ほんとうです！　これは私自身がずっと前からいだいている信念です、私も自分でこの信念に悩まされたくらいですから……ローマ・カトリックは全世界的な国家的権力がなければ、この地上に教会を確立することはできないとして、Non possumus！（われらなすあたわず！）と叫んでいるではありませんか。私の考えでは、ローマ・カトリックは信仰ですらなくて、まさに西ローマ帝国の継続にすぎません。そこでは信仰をはじめすべてのものが、この思想に支配されているのです。法王はこの地上を、この地上の玉座を掌握して、剣を取ったのです。それ以来、あらゆるものが同じ歩調をつづけていますが、ただその剣に虚偽と陰謀と、欺満《ぎまん》と狂信と、迷信と、悪業とがつけくわえられただけなのですよ。そして最も神聖で、真実で、素朴で、炎のような民衆の感情をもてあそび、何から何までいっさいのものが、金と卑しい地上の権力に代えられてしまったのです。これでも反キリストの教義とは言えないのでしょうか！　こんなもののなかから、どうして無神論が生れずにいられましょう？　無神論は何よりもまずこのなかから、ローマ・カトリックのなかから生れたのです、〈……〉」（第四編7）

顔面蒼白になって息を切らし、公爵の長広舌はつづく。興奮が最高潮に達したとき、彼は、きっとこうなると恐れていたとおり、中国製の高価な花瓶をこわす羽目におちいる。

以下は六月初め、公爵がモスクワから帰ってきた日のこと。レーベジェフ家を訪ねたあと、公爵は吸い寄せられたようにロゴージン家の前に立った。

ロゴージンの家には、絵の好きな父親が二ルーブリで買ったというホルバインの《墓の中のキリスト》の模写がある。父親はレーベジェフいわく「たった十ルーブルのことでさえ、人をあの世へ送ったかた」。ナスターシャ・フィリポヴナも、床下に死骸があるのではないかと疑っている。その父親が三百五十ルーブリ出すといわれても譲らなかった絵である。五百ルーブリの買い手がいるがロゴージンも手放す気はない。リアルに描かれたキリストの死体、その絵の前を通り過ぎてから、不意にロゴージンは公爵に訊く。「あんたは神を信じているかね、どうかね？」（第二編4）そして「おれはあの絵を見てるのが好きでね」とつぶやく。「あの絵をだって！　いや、人によってはあの絵のために信仰を失うかもしれないのに！」と叫ぶ公爵に、「そうでなくても、失われかけてるよ」と、ロゴージンは直ちに相槌を打った。

父親の肖像画もあった。「白髪まじりの短い顎《あご》ひげをたくわえ、皺《しわ》だらけの黄色い顔に、疑いぶかく秘密の多そうなもの悲しい眼つきをした、年のころ五十歳ばかりの男の肖像画」（第二編3）、公爵はそれがロゴージンの父親のものだとす

＊2――花瓶：アンナ夫人が初めてドストエフスキイ宅を訪れたとき「窓敷居には形の美しい、素敵な中国製の花びんが二つ」（『日記』p. 431）あった由。

ぐに見抜く。「もし今度の不幸が、この恋がおこらなかったら、きっときみはこの親父さんと寸分たがわない人物になっていただろう」。公爵がもらした感想に、ロゴージンは、ナスターシャ・フィリポヴナからも同じ反応が返ってきたと不思議がる。

「ちぇっ！　あの女がおれのところへ来ようってのは、おれのうしろに刃が隠されてるからこそなんだぞ！」とロゴージンは口をとがらせる。話を交わしながら、公爵は何気なくテーブルの上の新品のナイフを手に取る。するとロゴージンは、心のうちを見透かされるのを恐れるかのように、それを二度までももぎとった。

新聞種の犯罪[*3]も小説を色どる。二人旅で宿に泊まり、友人の銀時計が急に欲しくなった一人が、まず十字を切ってからナイフで相手を殺し、時計を奪ったという話。それを語る公爵は事件の翌日その宿に泊まったのだそうだ。ロゴージンは「気味が悪いくらい」に大声で笑いだした。「いや、おれはそういうやり方が好きだね！」（第二編4）

公爵とロゴージンは十字架を交換して義兄弟の契りを結ぶ。しかしロゴージンが欲しがった十字架は、ある酔っぱらいの兵隊が二十コペイカで公爵に売りつけたもの。キリストを売って飲んでしまうような人間の十字架だから、ロゴージンは気に入ったのであろうか。義兄弟になれたことを喜んだのは公爵のほうだった。

＊3――新聞種の犯罪：当時、実際にあった事件で、作家は『白痴』の中にそのままあるいは形を変えて取り入れている。（　）内の箇所。

・バラバーノフ事件「農民バラバーノフが町人スースロフを殺し、時計を奪う」（上記第二編4、第四編4）。

・ジェマーリン家殺人事件「18歳の中学生ゴルスキイが、貧しさから自分が家庭教師をしていた商人の一家6人を殺す」（第二編2、同5、同9、第三編1、その他6人の赤ん坊を食べる話など）。

あるいは公爵が想像するように、ロゴージンは「失われた信仰を力ずくで取りもどそうと欲している」からこそ、飲んだくれの手を離れて既に公爵の所有になっている十字架を望んだのであろうか。

普通の十字架は先端が四つで十字になる。［図18］ラテン十字は軸木の下部が長く、ギリシア十字は縦横《たてよこ》が同じである。ロシア正教会の十字架は上下に短い横木があり、下のは右に斜めに下がる。上の横木はＩＮＲＩ（Iesus Nazarenus Rex Iudaeorum　ユダヤ人の王、ナザレのイエス）の銘板、下の横木は脚の支えから派生したとされる。ラテン十字の上に短い横木がついた二重十字は総大司教用、横木が下へ行くほど長くなる三重十字は教皇用である。そのほかにまだ種類は多い。

酔っぱらいの兵隊が持っていた銀まがいの、錫の十字架は、〝先端が八つ〟で「ビザンチンの模様」がついていたから、ロシア正教のそれに違いない。ロゴージンは薄笑いの消えぬまま、この大形の十字架を首にかけた。

しかし、このときのロゴージンの終始「冷笑的」な態度は、信仰を取りもどしたいという熱意には程遠い。〝先端が八つ〟の十字架は、教皇用の三重十字架にも当てはまる。ドストエフスキイは、もしかすると、〝八個の先端のある〟（осьмиконечный）という語に二重の意味を持たせ、ロシア正教の十字架であることを示すと同時に、ローマ法王用の十字架を連想させようとしたのではないか、そんな仕掛けを感じさせる。絵画では、教皇の衣装の縫い取りなどに三重十字架

＊3（続き）
・モスクワの殺人事件「商人マズーリンが宝石商カルムイコフを殺す」（第四編11）。
・オリガ・ウメツカヤ事件「14歳の少女オリガは両親に虐待を受け自殺未遂後、家に放火を図る」（はっきりとは現れないが、ナスターシャ・フィリポヴナの人物像創造に利用していると云われる）。

を眼にすることができる。

『白痴』には、他にも八つの先端[*4]を持つものが出てくる。だが、ここでは話がややこしくなるので後ほど触れることにする。ただ、ロゴージンの十字架につい

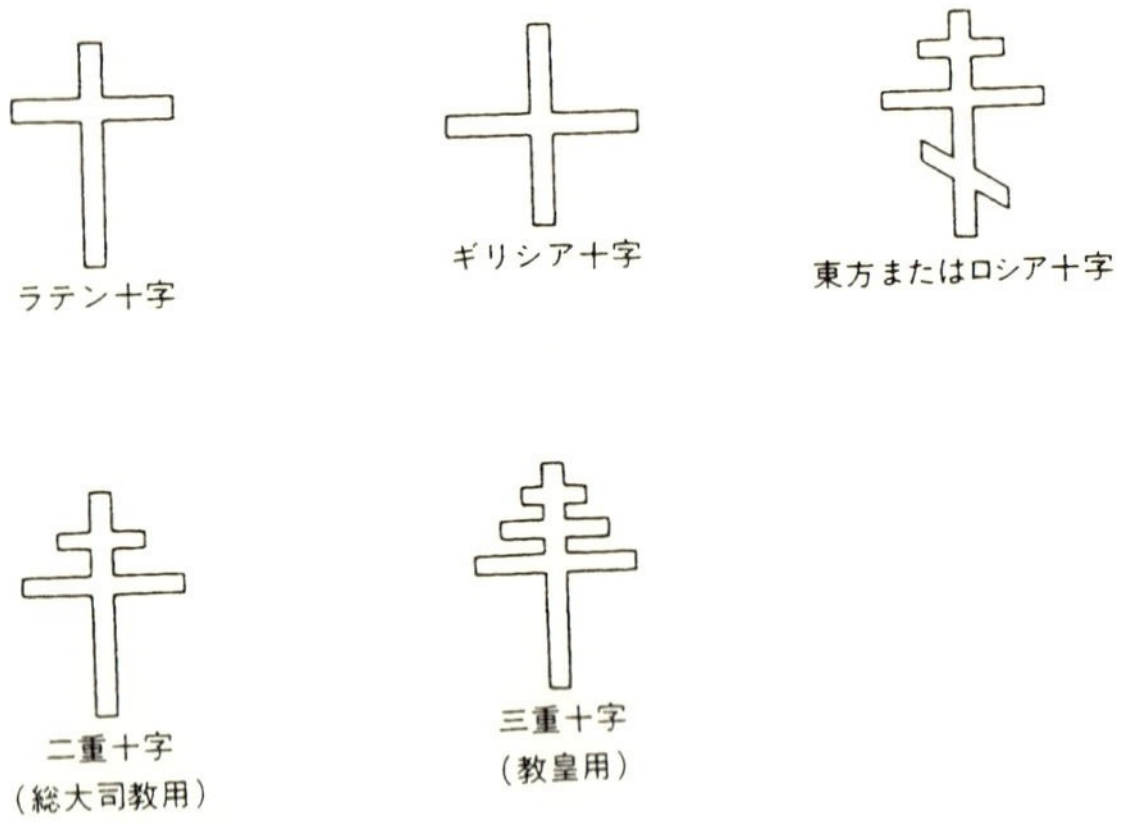

〔図18〕十字架の種類例

＊4——八つの先端：Ⅳ－12＜緑色の掛けぶとん＞の章を参照。

ては、少し物語を遡っておきたい。

六ヵ月前の十一月二十七日の昼間、ロゴージンはガーニャ宅へ押しかけ、居合わせたナスターシャ・フィリポヴナの前に一万八千ルーブリの包みを投げ出している。この包みは単に「十文字に」、つまり十字架の形に縛ってある。ところが同じ日の夜、〃十万ルーブリ焼却騒ぎ〃の包みは「四方から二重の十文字で縛ってあった」。これを上から見れば、総大司教用の二重十字架の形になる。

ナスターシャ・フィリポヴナを金で買おうと金額をセリ上げていったロゴージンは、同時に十字架の位も上げていったものとみえる。そうでなければ、ご丁寧に包みを「二重の十文字」に結わえなくともよさそうなものだ。『罪と罰』のラスコーリニコフは、銀のシガレット・ケースと見せかけて、鉄板に挟んだ木片を紙につつみ、容易にほどけないように固く縛って、金貸しの老婆のところへ持って行く。老婆がいらだちながら紐をほどくすきに斧を振り下ろすという寸法である。それに反し、ロゴージンの包みには本物の札束が入っているのだ。苦心してかき集めた現金を大勢の注視の中でさっさと確認してもらいたいところだろうに。包めば包むほど中身は疑われるものである。

異なる十字架をのせたかのような二個の包みは放り出され、ロゴージンは最後に三重十字架もどきのロシア十字架を手に入れる。正教の十字架（信仰を得る）とみせて、彼には教皇用の十字架（信仰を失う）が必要だったのではないか。もちろん想像の域を出ないが、これはなかなかドストエフスキイ的である。教皇用を一般人が持つことはできない、などと片付けてしまっては身も蓋もない。

モスクワから戻った朝、汽車を降りて公爵が感じた不快な視線は、いま室内で背後から見つめるロゴージンの眼差しと同じものであることを彼は確信する。ロゴージンの家を出てから、公爵は心にわだかまる「何ものか」重苦しいものの正体を捜し求めるうち、通りがかりの商店の飾り窓で何の気なしに値ぶみしたある品物に心が騒ぎ、それがロゴージンの部屋で見たものと同じナイフであったことを確認することにより、「何ものか」とはロゴージンの眼差しとナイフが結びついたもの、ロゴージンの殺気であったことを意識する。

一日中「何ものか」につきまとわれたあげく、公爵はその晩ホテルの階段でロゴージンに襲われる。同時に起こった癲癇の発作が彼を救った。その後もロゴージンは機会を狙うが果たせず、結局、鹿の角の柄《え》がついた刃わたり十五センチほ*5どのこのナイフは、公爵ではなくナスターシャ・フィリポヴナを死に至らしめる。

欲しいものを我が物にせずにはおかない、剣ならぬ刃を隠し持った大金持ち、キリスト公爵に面と向かえば好きになるが、離れれば疑いと憎しみを抱く、反キリストの境界線を揺れ動くロゴージン。ドストエフスキイが、ローマ・カトリックの首長、教皇の姿から、この人物を引き出してきたとしても不思議ではない。

＊5——刃わたり15センチほどの：原文では с лезвием вершка в три с половиной（刃わたり3ヴィルショーク半の）。
1 ヴィルショーク＝4.445センチ。
3.5 ヴィルショーク＝15.5575、約15.5センチになる（元の訳文では13センチとなっている）。

3　右手の人差し指

「聖シクスト[*1]はじつにすばらしい。聖母への敬虔の念にみちた老人の絶妙な顔」とはアンナ夫人の感想[*2]だが、私に言わせれば、どう見ても品がなさすぎる。先入観を去り、時代感覚の差を考慮に入れようとも。

卑劣が売り物の、「反《アンチ》キリストの先生」（第二編2）レーベジェフには、せわしなく手を振ったり、爪先で歩いたり、胸に手を当てたり、身をくねらしたり、もみ手をしたりと、彼専用の振り付けがたくさん用意されている。なかでも胸に手を当てる癖は、大外衣の胸元を押さえる教皇の左手にそっくりである。人当たりの柔らかい公爵でさえ「いや、もうけっこう、レーベジェフさん、そんなに顔をしかめないでください、それから、胸に手を当てるのもやめてください」（第二編11）と拒否反応を示す。

ムィシキン公爵はエパンチン家の女性たちを前に死刑の話に熱を入れる。「あなたは死刑を見せられても、また指を一本見せられても、どちらからも同じよう

＊1――聖シクスト．画面左の教皇のこと。《システィーナの聖母》に描かれている教皇は3世紀の第24代教皇、聖シクストゥス2世（在位257～258）だが、顔は第219代のユリウス2世（在位1503－1513）であり、第215代シクストゥス4世（在位1471－1484）はユリウス2世の伯父でシスティーナ礼拝堂の建立者である。共にデッラ・ローヴェレ家の出身。従ってこの絵の教皇は *della Rovere* 家全体を表わすものとみなされている。

＊2――感想：『日記』p.12、1867年4月19日より。

にごりっぱな思想をひきだされて、しかもそれにすっかり満足されるかたなんですもの」（第一編5）とアグラーヤが公爵をからかうと、母親のリザヴェータ夫人は「指とはいったいなんのことです、ばかばかしいにも程がありますよ」とたしなめる。この意味不明な「指」は、小説の中に突如として現れる。読者としても「なんのことです」と訊きたいところだ。

だが、《システィーナの聖母》をよく見れば、教皇の右手の人差し指は、観る者に向けられているではないか。絵の前に立ったドストエフスキイは、憎悪の対象であるローマ・カトリックの首長から指差されて、どんな感情を呼び覚まされたろうか。マリア様に〝あの者はけしからんことを申します〟と言いつけてでもいるかのような御老人。当然、その指が気になったろう。美術関係では諸説あるようだが、考えても結論は出ない。作家はこの指に持ち前の悪戯心をそそられたことと思う。

ナスターシャ・フィリポヴナが十万ルーブリの包みを暖炉の中へ放り込んだあと、人々の視線は当然包みへ集中する。だが、ロゴージンは違う。

当のロゴージンはただ一つの動かざる眼差《まなざ》しと化していた。彼はナスターシャ・フィリポヴナから眼を放すことができなかった。彼は夢中であった、彼は第七天国にある思いであった。（第一編16）

雲の上にいるような、天にも昇る心地のロゴージンからは、聖母を凝視する教皇の姿が浮かび上がる。そして、この時、ロゴージンの「右手のきたならしい指」には「すばらしく大きなダイヤモンドの指輪」（第一編15）があった。トーツキイもこの日「右手の人差指には高価なダイヤモンドの指輪をはめていた」（第一編14）。この場面で右手のダイヤモンドなど、特に必要な小道具でもないのにである。第一、なぜ、二人とも「右手」でなければいけないのか。

ドストエフスキイが持ち合わせるのはせいぜい金の結婚指輪で、それも質屋に入っているほうが多い。先にあげた「美術アカデミー展覧会」の批評でも、第一位の絵で人品卑しからぬ囚人の死体が「指にはめている宝石入りの指輪」に焦点を絞り、空想の輪を広げている。宝石入りの指輪には特別の思い入れがあるらしい。質草としても価値が高い。『白痴』の登場人物を大ざっぱに善玉と悪玉に分けてみると、高価な指輪をしているのはどうやら悪玉に類する人間のようである。公爵はもとより、女性たちにも、指輪の話は出てこない。

≪システィーナの聖母≫における教皇の顔はラファエッロが仕えたユリウス二世とされる。指輪ははめていない。しかし、ラファエッロが描いたユリウス二世の肖像画［図19］では、教皇の両手の人差し指、薬指、小指には、宝石入りの指輪＊3が合計六個も見分けられる。権威を示すものであろうが、こんなに沢山、と改めて驚く。

＊3——指輪：教皇指輪（anulus piscatoris）は通例＜漁夫の指輪＞（fisherman's ring）と呼ばれている。教皇官印に用いる指輪印。ペテロが小舟にのって網を曳上げている図柄の上に教皇名を刻んだもの。一代ごとに製作。（『キリスト教大事典』より）

ドストエフスキイがこの肖像画の実物に接しているかどうかは不明だが、絵の所在地ロンドンへは一八六二年に立ち寄っているし、ウフィツィ美術館には改作がある。少なくとも画集は眼にしていると思う。夫人はよく画集を買ったり借りたりしていた。『日記』の五月二十六日の中に「貸本屋へ立ち寄ってドレスデン美術館のカタログを借りた」とあり、二十八日には「それはなかなか立派なカタログで、序文にはドレスデン美術館の由来、輝かしい時期についての記述、収集品のほとんどについての説明があった」と書かれている。夫に見せないはずはない。《システィーナの聖母》の、教皇が差し出す右手の人差し指に、彼は幻の指輪を見るのであろうか。

アグラーヤは緑色のベンチに公爵を呼び出して、ガーニャを愛している、と嘘をつく。ガーニャは彼女への愛を証明するために「自分の手を焼いて」みせたそうだ。「蠟燭に火をつけて、まる三十分もその中に指を突っこんでいましたわ」(第三編8)と彼女はふざけるが、公爵は「きのうあの人に会いましたけれど、指はなんともなかったですよ」と真面目に応じる。この場面の「指」も、いかにも唐突で裏を感じさせる。創作ノートには、指を焼くことを五回ほどメモしている。

ところで、炎の画家ゴッホは、愛する人の前で実際にガーニャ同様のことを演じ火傷したという。

（図19）ラファエッロ≪教皇ユリウス２世の肖像≫（改作 1512年頃）
フィレンツェ、ウフィツィ美術館　108.5×80cm
ロンドン、ナショナル・ギャラリーにある作品は1511年頃のもの。

4　もう一人の美女

画面の四人の中で聖女バルバラだけは視線を下方に向けている。『RAFFAEL-LO』の著者J・H・ベックは《システィーナの聖母》の解説で次のように述べている。

画面の下の方に描かれたものはみな、上方のカーテンと同じように観る者の方の世界に住んでいるのだ。したがってこれは、この直前に描かれた《フォリーニョの聖母》と同様、絵画世界と現実世界との重なり合いを示している。（若桑みどり訳）

その「下の方」には、木の桟《さん》に手をついた二人の有翼の童児《プッティ》たちが描かれている。「四人の主人公」とは別の脇役の二人である。バルバラの視線は明らかに彼らに注がれている。描かれた全ての人物のうち、彼女だけが下を向いている。聖母に劣らず美しいこの聖女から、作家はもう一人の女主人公アグラーヤを創造したものの、俗界を見つめるこの眼差しゆえに、彼女の輪郭を定めかねたのだろうか。

エパンチン家の美人姉妹の中でも、末娘のアグラーヤは「とりわけすばらしい美貌」の持ち主である。乞われるままに公爵は彼女たちの顔を批評するが、なぜかアグラーヤについてだけは口をつぐむ。母親のリザヴェータ夫人がしつこくたずねても、彼は渋る。

「美しさを批評するのはむずかしいことです。私にはまだその用意ができていないのです。美しさというのは謎《なぞ》ですからね」

「とおっしゃいますと、あなたはアグラーヤに謎をおかけになりましたのね」アデライーダが言った。「アグラーヤ、謎を解いてごらんなさい。でも、このひと美人でしょう、公爵、ねえ、美人でしょう?」

「ええ、まれにみる美人ですね!」うっとりとアグラーヤをながめながら、公爵は熱をこめて答えた。「ほとんどナスターシャ・フィリポヴナのように。もっとも顔だちはまるでちがいますが……」(第一編7)

長女のアレクサンドラについては「ドレスデンにあるホルバインの描いたマド

ンナ」を引き合いに出しながら、なぜアグラーヤを〝ラファエッロの描いたマドンナ〟のように美しいと褒めてやらないのだろうか。だが、その比喩はアグラーヤにではなく、むしろナスターシャ・フィリポヴナに向けられるべきものである。作家は一言もラファエッロの名を持ち出さない以上、歯切れ悪く「ナスターシャ・フィリポヴナのように」としか言えなかったのかもしれない。B・ベレンソンはその著『ルネッサンスのイタリア画家』の中で言う。

ヨーロッパで最も芸術的な人々の間では、「ラファエッロのマドンナのように美しい」という言葉は、今なお美人に対して捧げうる最高の讃辞である（新規矩男訳）。

これほど適切な形容を、ラファエッロのマドンナの讃美者ともあろう者が、なぜ避けて通ったのだろうか。故意にホルバインばかりを舞台に上げ、何か裏があると疑わせて、故意に隠しておいたラファエッロを引き出させる、という計算もあり得る。アグラーヤに謎をかけたのは公爵ならぬ作者なのだろう。「謎を解いてごらんなさい」とは、読者に向けられたものと見るべきだ。

エパンチン家の美人三姉妹については、もう一つ下敷きになるといってもよい絵が存在する。ラファエッロの《三美神》[図20]である。

（図20）ラファエッロ《三美神》
1505-06年　シャンティイ、コンデ美術館　板に油彩　17×17cm

リザヴェータ夫人は娘たちの顔を見れば何を考えているかわかるという。

「私もあのかたたちの顔をよく知っております」公爵はその言葉に妙に力を入れて言った。（傍点引用者）（第一編5）

好奇心にかられた令嬢たちが追求すると、彼は「のちほど申しましょう」と話題を変えてしまうのだが、「妙に力」を入れるところが怪しい。会ったばかりで、なぜそれほど自信が持てるのだろう。後に引用する顔批評のあとにも、公爵は次のように、妙に力の入った謎めいた言葉を残している。

「〈……〉私がいまあなたがたのお顔についてこんなことをいいかげんに出まかせに言ったのだと、お思いにならないようにお願いいたします。いえ、ちがいます。まったくちがいます！　ひょっとすると、私にだって何か特別な考えがあったのかもしれませんよ」（第一編6）

この異常な力の入れ様も、「何か特別な考え」も、震源地はどこなのかはっきりしない。思い当たるのはラファエッロの《三美神》である。もしドストエフスキイがこの絵を意識しているのであれば、きっと細かく見ているに違いない。一八六二年と六三年にパリで機会があったはずだ。

ドストエフスキイの作品に登場する美女たちは、ほとんどがやせぎすで蒼白い。ナスターシャ・フィリポヴナもそうである。ところが彼は三人姉妹を次のように紹介している。


エパンチン家の三人の娘は、いずれも健康で、潑剌《はつらつ》としていて、背が高かった。みごとに発育した肩と豊かな胸、それにまるで男のようにしっかりした手の持主で、こうした体力や健康の結果として、当然のことながら、ときにはなかなかよく食べることがあったが、それを隠そうともしなかった。

（第一編4）


つまり、この作家には珍しい健康美の持ち主なのである。いったいどういう風の吹き回しか。まるでスポーツ選手なみである。男のような手など美人の条件に入るだろうか。体力や食欲の話も美にそぐわない。だいたいアグラーヤとナスターシャ・フィリポヴナでは、前者は後者に体力負けしそうな感覚でとらえてしまいがちだが、実際は逆だったのである。いかにも慌てて書いた第一編前半だけのことはある。

ラファエッロの《三美神》は、画面左から〈貞節〉、〈美〉、〈愛〉を寓意するとされる。なるほど〈貞節〉は、ひとりだけ腰にヴェールをまとい、胸を隠しているのに、〈愛〉は逆にあらわな肉体を誇示している。中心の〈美〉は背を向けて横顔をわずかに見せるだけ、彼女の美しさは謎かもしれない。おそろいの赤い首飾りのつけ方も特徴的である。〈愛〉は胸に、〈美〉は髪から背に、そして〈貞節〉は地味な髪に飾っている。いずれも豊満な美女である。

三美神のテーマはギリシア・ローマ神話の世界から出ている。古代から描きつがれてきた主題だから、ラファエッロだけのものではない。三人が輪になり、そのうち真ん中は後ろ向きというスタイルが多い。ボッティチェルリの《ラ・プリマヴェーラ（春）》では、ヴィーナスの侍女として優雅な舞を見せている。

エパンチン家では「三人の娘で形づくっている秘密会議《コンクレーヴ》の力が、ますます勢力をのばしてきたので」母親もてあまし気味だという。彼女らはいったい何を相談しているのだろう。秘密会議（конклав）とは法王選挙のための枢機卿会議のことである。めったに使わない言葉だけに、わざとらしさが目立つ。まさか《三美神》のリンゴを食欲に見立てたりはしないだろうが、〈貞節〉の肩にのせた〈美〉の左手などはなかなか頑丈そうである。

さて、ムィシキン公爵は三人をなんと評したか。「私は近ごろ人の顔をよく注意して見ることにしているんですが」と、彼は前置きしている。

長女のアレクサンドラについては、

「とても美しくて、とてもやさしいお顔ですね。でもあなたには何か秘めた悲しみとでもいったものがあります。あなたのお心もきっとそれは美しいものにちがいありませんが、ただ快活とは申せませんね。ちょうどドレスデンにあるホルバインの描いたマドンナのように、あなたのお顔には一種特別な翳《かげ》があらわれていますから」（第一編6）

二女のアデライーダについては、

「あなたは幸福そうなお顔をしていますね。三人の中でいちばん感じのいいお顔です。それにあなたはとても美しくていらっしゃる。あなたのお顔を見ていると、『気だてのいい妹のようなお顔をしていらっしゃる』とでも言いたくなりますよ。あなたは気さくに快活に人とおつきあいなさいますが、すぐに相手の心の奥底まで見ぬく力をもっていらっしゃいます」（同上）

といった具合である。

アレクサンドラには、トーツキイとの縁談の箇所で、「なかなかしっかりした性格の娘であったが、気だてがよく、分別があって、しかも並はずれて素直で」

あり、「あまり派手なことはきらいで」「顔かたちもとくに印象的とは言えなかったが、きわめて美しかった」（第一編4）という紹介もある。彼女の容姿、性格はラファエッロの《三美神》の〈貞節〉にぴったりしているように思う。それどころか、驚いたことに〈貞節〉の顔は、ホルバインのマドンナ［図21］のうつむき顔にそっくりなのである。つまり、アレクサンドラには〝ラファエッロの描いた《三美神》の〈貞節〉のように〟（ちょっと長すぎるが）と言いかえることも可能なわけで、ドストエフスキイがラファエッロの《三美神》を知らないはずはないという証《あかし》にもなる。

順にいくと、Щ《シチャー》公爵との愛を育む画家のアデライーダは〈愛〉にふさわしい。〈愛〉がリンゴを見つめる眼差しは、たしかに画家の眼のように「心の奥底まで見ぬく」ような鋭さを放っている。もっとも感じがいいかどうかは主観の相違だが。この絵は制作年代が早いので、システィーナのマドンナやバルバラと顔のタイプが違うのは止むを得ない。

アグラーヤは当然といってもいいほど〈美〉と重なってくる。このわずかに見せた横顔が美しいかどうかは少々疑問だが、〈美〉である以上美しいのだろう。ドストエフスキイはどう思ったろうか。いずれにせよ、一人だけこちらに背を向けた〈美〉からは、天邪気《あまのじゃく》な末娘アグラーヤが生まれた可能性が高い。

古代ギリシアの詩人ヘシオドスの『神統記』から三美神を見よう。

〔図21〕ハンス・ホルバイン（子）《ヤーコプ・マイヤーの聖母》
1526-29年　ダルムシュタット、シュロス美術館
ドレスデン美術館にあるのは現在17世紀の模作とされている

さて　大洋《オケアノス》の娘　容貌美《みめうるわ》しいエウリュノメは
彼《ゼウス》に　頻美しい優雅女《カリス》神たち　すなわち
アグライア　エウプロシュネ　愛らしいタリアを生まれた。
＜……＞
名にし負う　両脚曲りの神ヘパイストスは
優雅女《カリス》神たちのなかでもいちばん年若いアグライアを　咲き匂う
妻となさった。（廣川洋一訳）

ヘシオドスはヘパイストスの妻をアフロディテではなくアグライアにしている。ギリシア語アグライア（*αγλαια*）は「輝き」「美」を意味する。そして、エパンチン家のアグラーヤ（Аглая）は三人の中でいちばん美しく、いちばん年若い。これを偶然とするならば、偶然とはそんなに頻度の高いものだろうか。私はただドストエフスキイのテクニックに感嘆するのみである。

5　二人の童児たち

《システィーナの聖母》には、四人の主人公のほかに、画面下方に二人の童児《ブッティ》たちがいる。ドストエフスキイは彼らも見落としてはいないらしい。

聖女バルバラの視線が落ちる左側の童児《ブット》は、左手で頬杖をついて見上げている。この二人を彷彿させる場面が『白痴』の第二編に認められる。公爵が借りたレーベジェフの別荘に見舞い客が集まった折りのこと、アグラーヤは大胆にもプーシキンの詩「あわれな騎士」を朗読する。彼女としては、公爵に意地悪くあてつけながらも、彼のドン・キホーテ的理想主義に尊敬の念をこめていたのであった。

アグラーヤはテラスの「肘掛《ひじかけ》椅子にすわっていた公爵の前に」立ち、朗読を始める。「気どった様子で公爵だけをながめながら、ただ公爵ひとりにむかって、詩の朗読をつづけた」。途中で公爵は、ばつの悪さから逃れるため、来客にことよせ「肘掛《ひじかけ》椅子のうしろに退いて、左手で椅子の背に頬杖《ほおづえ》をつきながら、そのまま朗読に耳を傾けていた」。その方が「ぐあいがよく、それほど《滑稽《こっけい》》には見えなかった」（第二編7）という。椅子の背が高ければよいが、普通の高さなら腰をかがめねばならず、かえって滑稽になる。それに、人の座っていない椅子の背に頬杖をついたら、椅子が撥ね上がり自分も転ぶかもしれない。

なぜそんな姿勢を取らせるのだろう。しかも、この際なぜ「左手で」などと断るのか。不必要に細かい割には不完全な描写である。小説のこの場面は、いかにも画面の聖女バルバラと左側のプットとの関係に似つかわしい。ドストエフスキイの脳裡に刻まれた《システィーナの聖母》のディテールは、どうかしたはずみで『白痴』の細部にひょっこり姿を現すように思われる。意識的にか無意識にか判然としないけれど、もし意識してならば、点在する「緑」と同様に、読者へのサインとも受け取れる。創作ノートに「ロゴージンはアグラーヤに恋をする」という一行があるが、これなどは右側のプットの視線から思いついたプランだったかもしれない。

フィナーレでのロゴージンは、ナスターシャ・フィリポヴナの通夜をしようと言いだして、緑色のカーテンのそばに二人分の寝床をつくる。

どうやらこの二つの床は、もう朝のうちから彼なりに考えついたものらしかった。前の晩は長椅子の上で寝たのだが、長椅子の上では二人並んで寝るわけにはいかなかった。ところが、彼はいまやどうしても並んで床を敷きたか

> ったのである。そこで、彼は懸命になって、二つの長椅子から大きさの異なるクッションをはずし、部屋の端から端へと突っきって、厚いカーテンの入口のすぐそばまで運んだのである。なんとか寝床ができあがった。彼は公爵に近寄り、歓喜にあふれて、やさしくその手を取ると、助けおこして、寝床のほうへ連れていった。〈……〉
> 「なにしろ、おまえさん」ロゴージンは公爵を左側のいいほうのクッションに寝かして、自分は右側のほうへ着換えもせずに、両手を頭に支《か》いながら体を伸ばすと、いきなりしゃべりだした。（第四編11）

「公爵を左側のいいほうのクッションに寝かして、自分は右側のほうへ」寝る。なぜ作者はここでも左右にこだわるのだろうか。どうして左側がいいほうなのだろう。

キリスト教では右が優位とされる。キリストと一緒に処刑された二人の罪人のうち、「善き盗賊」はキリストの右側、「悪しき盗賊」は左側で十字架にかかる。ただし画面上、キリストの右側とは向かって左のことである。これだから左右の問題は扱いにくい。『白痴』にはかなり左右が強調されて出てくるが、いたって不統一で、キリスト教的考え方に基づいているようには見えない。したがって上記についても、右優位とは無関係に、アグラーヤの朗読場面と同様、≪システィーナの聖母≫のディテールから発していると考えたい。絵の下部の二人のプッティを俗界におけるムィシキン公爵（向かって左）とロゴージン（向かって右）、十字架を交換した義兄弟である二人になぞらえたように受け取れる。キリスト公爵のいる左側が「いいほう」なのであろう。

二人で一夜を明かすことを朝から考えていたロゴージンは、そのため公爵を迎えに出たほどだった。ナスターシャ・フィリポヴナの死で公爵への憎悪が消えたわけだから「歓喜にあふれて、やさしくその手を取る」のもいいが、場合が場合だけにどうもしっくりしない。ロゴージンの頭がおかしくなってくると、公爵も「そっと彼の頭や髪にさわって、頭や頬《ほお》をなでたりする」。これらの行為は二人が発病寸前または後のこととして理解できるが、そのほかにラファエッロの聖家族画を連想させるものがある。

ラファエッロは聖母子や聖家族を数多く描いた。聖母の膝や足元で戯れる幼いキリストと聖ヨハネは、≪カニジアーニの聖家族≫、≪まひわの聖母≫、≪美しき女庭師≫、≪ガーヴァーの聖母≫、≪アルバ公の聖母≫、≪草原の聖母≫、≪小椅子の聖母≫等々に見出せる。その中のいくつかにはドストエフスキイも接している。

『白痴』の冒頭のシーンは、ペテルブルグへの車中、向かい合わせになった公爵とロゴージンの描写から始まる。既に述べたように、公爵の風貌、出で立ちはキリストを思わせる。ロゴージンのほうは、黒い「縮れ毛」で「浅黒い顔の男」

という特徴から、オセロを踏まえているとする説もある。そのロゴージンは車中「羊皮の外套《がいとう》」を着込んでいる。毛皮外套は冬のロシアの必需品かもしれないが、登場人物の着衣などに頓着しないドストエフスキイが明示すると、かえって好奇心をそそられる。レーベジェフもすぐ横の席にいた。彼にもすり切れた綿入れ外套ぐらい着せてやればいいのに、主役でないとはいえ、こちらは「身装りのぱっとしない」とだけで、まことにそっけない。

《まひわの聖母》［図22］、《ガーヴァーの聖母》、《アルバ公の聖母》などでわかるように、幼い洗礼者ヨハネは、縮れ毛で、毛の皮衣をまとい、持物《アトリビュート》である長い葦の茎の十字架を手に描かれることが多い。毛皮を皮帯で締め、洗礼用の杯（貝殻）をさげていたりする。

車中、縮れ毛で毛皮外套のロゴージンが公爵と親しげに語り合う情景からは、ラファエッロの描く幼いキリストとヨハネが眼に浮ぶ。この場合、私は単に風景としての類似を見るに過ぎないのだが、『白痴』には《システィーナの聖母》だけでなく、ラファエッロの多くの作品の影がちらつくのを感じる。そして〈緑色のカーテン〉の陰に眠るナスターシャ・フィリポヴナと、カーテンの外側に並ぶ公爵とロゴージンという関係は、〈緑色のカーテン〉を開いて立つ聖母マリアと、カーテンの外側で肘をつく二人のプッティという関係を思い起こさせてくれるのである。

〔図22〕 ラファエッロ《まひわの聖母》

1506-07年　フィレンツェ、ウフィツィ美術館 板に油彩 107×77cm
ロレンツォ・ナージのために描かれた。1547年損傷を受け、一部修復、描き加え。

《まひわの聖母》では、幼いキリストがヨハネの手の中の「ひわ」の頭をなでている。公爵がロゴージンの頭をなでるシーンはここから借りたものかもしれない。絵としては可愛らしい情景だが、「《ひわ》は古来《死》の象徴で、それ故にキリストの受難を暗示するものとして、中世以来しばしば美術に登場してくる」（『ラファエロとヴェネツィアの絵画』）。この鳥は「あざみや茨を常食するといわれ、キリストの受難の冠になぞらえられて、その受難の象徴となった。かくて《聖家族》図中に描き込まれる。美しい羽から幼児たちのペットである鶸《ひわ》は、ゴルゴタへ十字架の道を辿るキリストの頭上に舞い降りたときに、彼の額から一本の茨を引き抜いたため、その血の一滴を浴びて赤い点を得たといわれる」（『キリスト教美術図典』）。

「ひわ」といえば、コーリャが「鶸《ひわ》を捕るには一年のうちでいつごろがいちばんいいか、という問題から」（第二編1）リザヴェータ夫人と言い争い絶交を宣言する、という吹き出しそうなエピソードまで飛び出す。マヒワは渡り鳥で、日本でも越冬し、杉や松の実をついばむという。五月に入ると北国へ帰り夏を過ごすから、ロシアでは夏が猟期であろうか。公爵の受難は七月初めで、ロシアでの「鶸《ひわ》を捕る」時期と奇妙に一致してしまう。

ともあれドストエフスキイの意識下に貯えられた印象は、蜘蛛の糸のように、四方八方へ、しかし目立たないように、紡ぎ出されていくようである。

IV

1　「緑」のディテール

あざやかな緑色の服を着るには案外勇気がいる。一度、服はもちろん、靴やバッグまで緑色の女性を見かけたことがある。どんな気分かたずねてみたかった。男性の場合なら、せいぜいスポーツ・ウェアか業務用のお仕着せどまりだろう。

緑色の衣装がいちばん似合うのは、やはり樹木をおいてほかにない。葉の形、厚み、葉脈、茎――それらの多様な集まりがミクロの美と力を秘めて、移り変わる大気と陽光に、そよぎ合い、きらめき合い、あらゆる種類の緑色でみずからを表現する。樹木が美しいのは、何よりもまず、生きて呼吸して、そのことがさらに他をうるおしているからである。

私は一本の木のそばを通り過ぎるとき、それを見ることによって、幸福を感じない人の気持ちがわかりかねます。人と話をしながら、白分はその人を愛しているのだという想いによって、幸福を感じずにいられるでしょうか！

これはエパンチン家の夜会の席で、発作を起こす直前のムィシキン公爵の言葉である。「冷酷な自然」の一員でありながら、植物はあくまでも他の生き物にやさしい。

中世やルネッサンス期の絵画で緑や赤の衣装は珍しくない。ドストエフスキイが『白痴』を書くにあたり手紙*1の中で触れている『ドン・キホーテ』*2には、緑色が実によく出てくる。馬具や網《あみ》などという例外もあるが、ほとんどは衣類である。甲冑姿がいちばんふさわしいドン・キホーテも、いたずら公爵夫妻のもとでは、「真紅のラシャのマントを肩に無造作にひっかけ」「緑色の帽子をかぶり」「長靴下が緑色だった」。サンチョまで「上等のラシャの緑色の」狩猟服を与えられる。「緑色外套の騎士」ドン・ディエゴなる人物も登場する（会田由訳より）。といって、セルバンテスの場合はごく自然であり、意識的にこの色を使っているようには見えない。それでも他の色にくらべ、なぜか「緑」が多い。役柄に不満顔のセルバンテスの「緑」たちは、ドストエフスキイの頭の片隅に移り住み、好機を待つことにしたのかもしれない。そもそもムィシキン公爵はドン・キホーテの末裔なのだ。

『白痴』に姿をみせた「緑」については、第四編のフィナーレに現れる〈緑色

＊１――手紙：既出、姪ソフィヤ宛、ジュネーヴ、1868年１月１日付。
＊２――『ドン・キホーテ』:『白痴』の中では、第二編６で話題になる（アグラーヤがプーシキンの『あわれな騎士』を朗読する場面）。

のカーテン〉から話を進めてきた。カーテン以外の「緑」にそのつど触れて混乱を招くことのないよう、虫めがねで覗くのは後回しにしておいた。そこで、遡ってその他の「緑」も追っていきたいと思う。おのおのが適材適所で、それぞれのシンボル性を発揮しているのだが、なかにはあまり存在価値が認められないにもかかわらず、作者が旗を振って応援しているらしいものもある。「緑」たちに与えられた役割の大小もさることながら、彼らに一様に割り当てられたもう一つの使命は、〈緑色のカーテン〉への道しるべではないだろうか。

2 〈水曜日〉

物語の発端、公爵がペテルブルグに到着する十一月二十七日は〈水曜日〉、ナスターシャ・フィリポヴナの名の日[*1]である。彼女との縁談が持ち上がっているガーニャに向かって、せっかちなリザヴェータ夫人は、奥さんをもらうのか、と顔を見るなり問いかける。彼はあわてて「いいえ」と嘘をつく。


「いいえ、ですって？　あなたは『いいえ』とおっしゃいましたね？」きびしいリザヴェータ夫人はしつこくききただした。「もうけっこう。じゃ、覚えておきますよ。きょう、水曜の朝、わたしのおたずねにたいして、あなたが『いいえ』とおっしゃったことを。きょう何曜なの、水曜？」

「たしか、水曜ですわ、ママ」アデライーダが答えた。

「いつも日にちを忘れちゃってるわね。それで何日？」

「二十七日です」ガーニャが答えた。

＊1――名の日：именины、名の日、名の日の祝い（自分の洗礼名と同じ名の聖者の祭日を個人的に祝うもの）。誕生日（день рождения）と混同されることがある。

「二十七日ですって？　それは好都合ですね、ある点から見て。では、これで失礼。＜……＞」（第一編7）

夫人がいくら素っ頓狂な人物にしても、〝何が〟好都合なのか、〝どんな点で〟、という疑問がわく。「ある点から」[*2]は、テクストでは「ある打算から」の意味である。「ぼくはこの結婚を打算から[*3]だけでしようとしているのじゃありませんよ」と、ガーニャが「余計なことまで」公爵に口をすべらす場面（第一編11）があとに来るが、持参金つきの〝あの女《ひと》〟（二十七日が名の日の人）は、〝あなたには〝、好都合でしょうよ、と夫人はガーニャの「打算」を皮肉っているのだろう。

二十七日という日取りに特に根拠はないらしい。ガーニャは二十八歳ぐらいという紹介で登場するが実際は二十七歳。二十六歳の公爵は六月に誕生日を迎えると二十七歳になる。ロゴージンも二十六～七歳。二十七という数字で思いあたるのは、これら主役級青年たちの年齢構成くらいである。

二十七日はさておき、この長編の中で、曜日がくりかえされるのは水曜だけである。私は何であろうと日付をメモするとき、曜日を加えないと気がすまない。後日、曜日があることによって記憶もイメージも大きく広がるからである。年号や曜日のないメモは脱け殻にひとしい。年月を経て、あとから曜日を探すのは大変な手間だ。

＊2――ある点から：по　некоторому　расчету（テクスト、p.70）
＊3――打算から：по　расчету（テクスト、p.105）

ドストエフスキイの結婚式は、二度目の妻アンナとの一八六七年二月十五日も、最初の妻マリヤとの一八五七年二月六日も共に水曜日である。作家は、思い出深い曜日、結婚にからんだ曜日を二十七日のために選んだのであろうか。もちろん理由などないかもしれない。単にその曜日が好きということもありうる。ところで、一八六七年の十一月二十七日は月曜日、試算では一八六八年ならば水曜日に当たる。どちらの年ときめることはできないし、その必要もないが、『白痴』の時代設定を考えるとしたら、常にロシアの現実を描いてきた作家として、一八六七〜六八年または一八六八〜六九年を取るのが自然に思われる。

さて、水曜日をなぜ問題にするかといえば、前にも触れたように、古来ヨーロッパでは星と曜日を色で表していた、ということに由来する。

> それによれば太陽と日曜日は黄色または金色、月と月曜日は白または銀色、火星と火曜日は赤、水星と水曜日は緑、木星と木曜日は紫、金星と金曜日は青、土星と土曜は黒とされている。（『色彩の美学』）

必要もないのに繰り返される〈水曜日〉。先の引用では夫人が二回、アデライーダが一回——さらに、夫人はその少し前にも口《くち》にしている。「あの人なら、もちろん、まだ書斎にいるでしょうよ。毎週、水曜日には仕事に来て、いつだって四時前には帰ったことがないんですから」（第一編7）と、エパンチン将軍の秘書役、ガーニャの出勤日を教えてくれる。それにしても都合四回は多すぎる。作者が水曜日の連発で何かを暗示しているとしたら、私には「緑」しか考えられない。物語の第一編は〈水曜日〉の出来事であり、〈水曜日〉は「緑」の布石のように受けとれる。

3　〈ロゴージンのスカーフ〉

はっきりした「緑」が登場するのは、作者が気に入っている第一編のフィナーレからである。ナスターシャ・フィリポヴナの名の日の祝いの晩、十万ルーブリを引っさげて乗りこんできたロゴージンのいでたちに注目したい。

彼の服装は、あざやかな緑に赤がまじった[*1]真新しい絹のスカーフと、甲虫《かぶとむし》の形をした大きなダイヤモンドのピンと、右手のきたならしい指にはめたすばらしく大きなダイヤモンドの指輪を別にすれば、けさと寸分たがわなかった。（第一編15）

その日、二十七日の午後（「けさ」とあるが実際は午後四時すぎのはず）、一万八千ルーブリをふところにガーニャ宅へ押しかけたときのロゴージンが、どんな格好をしていたか明らかではない。この昼間の闖入《ちんにゅう》はいわばリハーサルであ

＊1――赤がまじった：元の訳文では с красным が「赤い縞《しま》のまじった」となっている。縞とは限らないので直訳に変更した。

って、夜が本番である。ドストエフスキイは無意味に登場人物の服装に凝ったりはしない。〝昼とまったく同じですが、これこれだけは別ですよ〟と強調しているのだ。いかにもロゴージンらしい下品な成金趣味とみせて、実は周到に用意された小道具である。

おろしたての緑色のスカーフのわざとらしさ――ナスターシャ・フィリポヴナしか眼中にないロゴージンの、精一杯の〈愛〉を象徴しているように見える。それだけでなく、このスカーフは、中世の騎士が馬上槍試合に赴く際のアクセサリーを想像させる。

試合にのぞむ騎士たちは、それぞれ、自分がセルヴァン・ダムール(servant d'amour「愛のしもべ」の意)となっている貴婦人の名を名乗りあげました。〈……〉騎士たちはまたフェイヴァー(favor)をもっていました。スカーフ、ヴェール、袖飾り、腕輪、とめ金など――つまり、女性の服装の一部をなすものですが――そういったものを、自分の兜や楯や鎧などにつけて出場したのです。(『中世騎士物語』)

ドン・キホーテの「思い姫」ドゥルシネーアのような架空の存在ではないが、自分の「思い姫」からフェイヴァーを頂戴できないロゴージンも、気構えだけは試合にのぞむ騎士と同じであったろう。おまけに、このスカーフには赤が混じっている。そのことから想起されるのがルーレットである。[図23]ドストエフスキイがこの第一編前半を書いていた時期は一八六八年一月から二月にかけてと推測される[*2]が、前年四月にヨーロッパ滞在が始まって以来、ドストエフスキイ対ルーレットの闘いにはすさまじいものがある。

連日、緑色のルーレットクロス（tapis vert　チップをはる台）の前に陣取って――もっとも、良い席は取れなかったろうが――眼を血走らせていれば、緑はもちろん、その補色である赤が、四六時中、眼先にちらつきかねない。一九世紀ドイツにおけるルーレット台については、緑色のクロスの上に枡目があり、枡目の中に一から三六までの赤または黒の数字（ほかに0が緑か白？）が入っていたか、あるいは、枡目が赤と黒で色分けされ、その中に白抜きの数字が入る形式だったかと想像される。時代や国で多少の差はあるにしても、ルーレット台の色彩構成は、緑のじゅうたんの上に赤、黒、白がばらまかれたような具合になる。いずれにせよ、視野に入る色の中で、量的にもいちばん印象に残るのが緑で、次は赤と考えられる。黒はほとんど影響しない。さらに、数字が白い場合、赤の中の白い数字は、補色の関係で緑色を帯びて見えるはずである。つまりルーレット狂を支配する色は、反対色どうしの緑と赤といえよう。

ロゴージンのスカーフは緑一色ではない。赤が入ったこのスカーフから、私は

＊2――推測されるが：マイコフ宛書簡、ジュネーヴ、1868年2月18日付（全集22、p.168〜）

ドストエフスキイとルーレットとの結びつきをすぐに思い浮かべた。ルーレットの賭け方にはいろいろあるけれど、自伝的小説『賭博者』でもわかるように、彼は「赤と《ルージュ・エ・》黒《ノワール》」の赤に賭ける割合が多かったらしい。ロゴージンは大金をはたいてルーレットのように一《いち》か八《ばち》か、ナスターシャ・フィリポヴナに賭けたのである。

「甲虫《かぶとむし》の形をした大きなダイヤモンドのピンと、右手のきたならしい指にはめたすばらしく大きなダイヤモンドの指輪」——この二つの装飾品も非常

〔図23〕バーデン・バーデンのカジノとドストエフスキイの時代のルーレット（木下豊房氏撮影）

に具体的で、それゆえにこそ意図的である。「甲虫」にいたっては違和感すらおぼえる。『未成年』の創作ノート[*3]から判断すると、カブトムシは〈後悔〉のシンボルであるらしい。ロゴージンの恋は所詮、悔恨の種となることを暗示したものであろう。右手の指輪については既に述べたので省くが、ドストエフスキイにとっては指輪はルーレットの大切な資金源である。たとえば指輪を六個もはめた人がいれば、たぶん面白くないだろう。「大きなダイヤモンド」が二つとなると、ドストエフスキイのダイヤモンド・コンプレックスを微笑ましくさえ感じる。彼のダイヤは小さいが光り輝くひと粒だけ、貴重品をいれていた紫檀《したん》の箱[*4]から、夢のように現れたアンナ夫人である。遺産が入ったと言っても手元はさびしく、三等車でペテルブルグへ帰ったとたん、その日のうちに大金をかき集めるのに死にもの狂いだったロゴージンが、そんな高価な品をどこから手に入れてきたのだろうか。

　結論として、この場面での「緑」は〈愛〉または〈恋〉のシンボルであり、ルーレットや騎士をないまぜにした、手の混んだ演出の気配を漂わせている。そして作家自身もこの長編に賭けていたのだ。

＊3——『未成年』の創作ノート：全集27、pp.10、12〜13

＊4——紫檀の箱：シベリヤの友人チョカン・ワリハーノフ（1835〜65、民俗学者）から贈られた品で、大切にしていた。その箱の中に小さなダイヤモンドを発見する夢を見る。

4　＜コーリャの襟巻＞

第二編に入ると「緑」の出現率が増し、現れ方も多彩になる。モスクワ滞在中のムィシキン公爵は、手紙をアグラーヤに届けてくれるようコーリャに送る。コーリャが彼女に手渡したのは「復活祭近くのこと」だった。公爵は否定するが、この手紙は恋文とうけとられる。アグラーヤは手紙を読んで「真っ赤に」なる。偶然――とはいえ作者は故意にだが――『ラマンチャのドン・キホーテ』の中に手紙をはさみこむ。公爵も後日、リザヴェータ夫人に追及されて「顔を赤く」する。アグラーヤは「こんな小僧っ子」が通信員に選ばれたことを軽蔑し、コーリャに冷たい態度をとる。

これにはコーリャももう我慢がならなかった。彼はこのときわざとのように、ガーニャから理由もあかさずにねだってもらった、まだ真新しいグリーンの襟巻《えりまき》をしていたのである。彼はすっかり腹をたててしまった。（第二編1）

文字通り「わざとのように」作者はコーリャにも緑色のスカーフを用意する。「襟巻」というと暖かそうなウールで、「スカーフ」はシルクを指す感じだが、〈ロゴージンのスカーフ〉にも、〈コーリャの襟巻〉や「あわれな騎士」の詩の一節「襟巻《えりまき》まかず数珠《じゅず》をかけ」の「襟巻」にも、テクストでは同じ言葉шарф《シャルフ》が使われている。ロゴージンのスカーフは絹だから「襟巻」では訳語としてそぐわないけれど、コーリャのほうは素材がわからないので、襟巻、スカーフ、マフラー、どれでもいい。

「あわれな騎士」ムィシキン公爵の〈恋〉の使者として、コーリャは〈恋の芽生え〉を意味する緑色を「緑の騎士」（見習い騎士）にならって、これ見よがしにつけて行った。自分の行為は兄ガーニャへの裏切りであるため、「理由もあかさずにねだってもらった」品である。いっぱしの騎士気取りでやってきたコーリャは、代理どころか小僧っ子扱いされて「腹をたてて」しまうのである。なにしろ公爵のほうは彼を一人前に丁重に遇してくれるのだから。公爵なら「いいえ、小僧っ子じゃなくて、ニコライ*1・アルダリオノヴィチです」（第二編12）ときっぱり言ってくれる。

大人顔負けのませた中学生コーリャは公爵の恋を見抜いていたが、年齢では大人の公爵は恋の自覚がない子供である。作家はその辺を巧みに処理し、公爵にではなく、コーリャに緑色のマフラーをさせたのであろうか。それに「あわれな騎

＊1――ニコライ：コーリャはニコライの愛称。13歳とも15歳とも書かれている。

〔図24〕ラファエッロ≪騎士の夢≫

1505-06年　ロンドン、ナショナル・ギャラリー　板に油彩　17×17cm
画面右 ヴィーナス（快楽）、左 ミネルヴァ（徳）

士」は「襟巻《えりまき》まかず」とある。「グリーンの襟巻」の本来の持ち主だったガーニャは、それをコーリャに渡したことにより、この時点で戦線離脱してしまった。

ラファエッロには《三美神》と対をなす《騎士の夢》[図24]という作品がある。うら若い騎士が緑色のマフラーを巻きつけて眠っている姿が描かれている。題材はキケロの『若きスキピオの夢』とみられるが諸説ある。「若きスキピオは、徳の象徴アテナと悦楽の権化ヴィーナスとに選択を迫られ、徳を選んだところ、三美神から天国の林檎を与えられたという」（『レオナルド／ミケランジェロ／ラファエロ／ボッティチェルリ』）。まだあどけなさを残した騎士の寝姿を見ていると、見識豊かでも根は子供のコーリャ少年に重なってくる。

５　＜レーベジェフ家の緑＞

六ヵ月のモスクワ滞在後、ペテルブルグへ戻った公爵は、朝のうちにまずレーベジェフ家を訪ねる。行方がつかめないナスターシャ・フィリポヴナについて、気になる手紙を受け取ったからだ。季節は六月初め、

公爵は辻馬車を雇ってペスキへ出かけていった。ロジェストヴェンスカヤ街の一つの通りで、彼はまもなく一軒のあまり大きくない木造の建物を捜しだした。公爵のおどろいたことには、この家は案外きれいで小ざっぱりしており、花を植えた前栽《せんざい》まで整っていたことである。（第二編２）

客間に入った公爵は、レーベジェフに向かって云いたい放題の若い男[*1]に出食わし、「この青年がすっかりいやになってきた」。レーベジェフも公爵をうながし庭のほうへと逃げにかかる。

＊１――若い男：レーベジェフの甥ドクトレンコで、20歳くらい。『白痴』執筆時、作家の先妻の連れ子パーヴェルも年齢、風貌、性格がこの甥同様で、終生変わらずドストエフスキイ夫妻を悩ませた。

二人は部屋を出て、前庭を横切り、くぐり戸の中へはいっていった。そこには実際、ささやかな、とてもかわいらしい庭があった。天気つづきのおかげで、樹という樹はみんなもう芽を出していた。レーベジェフは公爵を緑色の木のベンチに腰かけさせたが、その前にはやはり緑色のテーブルが地面にくりつけになっていた。レーベジェフはむきあってすわった。(第二編2)

この家には子供が多い。上は二十歳から下は生後一ヵ月の赤ん坊まで、女三人男一人、長女が「二十歳《はたち》くらい」のヴェーラである。母を失ったため、いつも下の妹に当たる乳呑児を抱いて出てくる。ドストエフスキイがこの章を書いていた頃のアンナ夫人――ヴェーラと同年配で、長女が誕生した――をモデルにしたようなこの娘は、本当は公爵に最適な相手であろう。レーベジェフの家はペスキにある。ペスキにはアンナ夫人の実家があった[*2]。レーベジェフ家は「小ぎれいではあったがいくぶん変った装飾が施されて」いて、骨董品の好きなアンナ夫人の実家のたたずまいをしのばせる。

「あなたがこんな世帯《しょたい》持ちだとは、思いもよりませんでしたよ」と公爵が驚くほど、レーベジェフ家には意外にも「緑」にふさわしい〈若さ〉や〈幼さ〉があふれていたのである。そして、日の当たる庭になぜか「緑色の木のベンチ」と

＊2――アンナ夫人の実家：1866年10月4日(月)、アンナは作家宅を初訪問。住まいをきかれ「ペスキです」と答える（『アンナの日記』p.437)。速記の仕事終了後の11月3日(木)、作家はアンナ宅を初訪問、探しあぐねて到着が遅れる。その時、彼はムィシキンのように「辻馬車を雇ってペスキへ出かけていった」のである。

「緑色のテーブル」がある。まるで公爵のために用意されていたかのように。レーベジェフの座った椅子も当然同じものであるはずだが、そちらには言及がない。

6 〈ロゴージンの家〉

つぎの行く先はエパンチン家の予定であったが、将軍を残して家族はすでにパーヴロフスクの別荘に移ってしまっている。公爵の足は吸い寄せられるように、ある家に向かっていた。

その家はどす黒い緑色に塗られた、少しも飾りのない、陰気な感じのする大きな三階建てであった。〈……〉門に近寄って標札に眼をとめた公爵は、《世襲名誉市民ロゴージン家》と読んだ。（第二編3）

前世紀末に建てられた「サドーヴァヤ街にほど近いゴローホヴァヤ街[*1]にある」その家を、公爵は異常な動悸の高鳴りによって探しあてた。レーベジェフ家とは反対に陰うつな家である。庭や樹木があってもいいのに、作者はまったく触れていない。ついさきほどまで新緑の夏だったのが、急に冬に舞い戻ったようである。

＊1——ゴローホヴァヤ街：当時、作家の借家のアドレスは「ストリャールヌィ横町とマーラヤ・メシチャンスカヤ通り角、アロンキン持ち家、13号室」（夫人の『日記』p.425）で、ヨーロッパ滞在中も兄嫁のために借りていた。この住所とロゴージン家は非常に近い位置にある。

床下に死体がころがっているかもしれぬ、やがて殺人の行われるこの家が「どす黒い緑色」であることは、まことに象徴的といわざるを得ない。これがもし白であったり、明るい緑色でででもあれば、私は一切を考え直さなければならない。

　公爵は二階へ上がって行く。

> 石の階段は薄暗く、あらっぽいつくりで、両側の壁は赤いペンキで塗ってあった。ロゴージンが母親や弟といっしょにこの陰気な家の二階全部を住居として使っていることを、彼も聞きおよんでいた。（第二編3）

　両側の壁が赤い階段などというものは、色彩の氾濫する現代でも、めったにお目にかかれる代物ではない。それこそ動悸をおぼえそうだ。「階段は薄暗く」、赤にしても暗赤色――ドストエフスキイがそうまでして赤を添えるのは、やはり「どす黒い緑色」を際立たせたいためであろう。

　午前十一時すぎというのに家の中は暗い。広間のドアの上にホルバインの《墓の中のキリスト》の模写がかけられている。自身「死人のように蒼ざめた肌《はだ》」（第一編1）をしたこの家の主人ロゴージンが、その絵を好きだという。絵の位置は墓場への出入口を暗示するかのようである。ロゴージン家を訪ねたことのあるイポリートも、《弁明》の中で次のような感想をもらす。

彼の家はぼくの心を強くうった。まるで墓場みたいである。ところが彼にはそれがどうやら気に入っているらしかった。（第三編6）

イポリートもそのときホルバインの絵を見ている。「いちばん陰気くさい広間の扉の上にかかっていたもの」で、「通りがかりに、彼がみずから指さしてくれた」。その夜イポリートはこの絵から容赦なき「自然の法則」を導き出し、まんじりともしない。「夜中の十二時すぎから、一時すぎごろのこと」（第三編5）「ふいに部屋のドアがあいて、ロゴージンがはいってきた」（第三編6）。もしそれが彼の幻覚でない（彼は「幻でも夢でもない」という）とすれば、ロゴージンは生霊となって、鍵のかかったイポリートの部屋に入ってきたことになる。イポリートの寝ている部屋の一隅に死神のようにじっと座り、「例の嘲笑の色を浮べて」（第三編6）「まる一時間も、いやもっと長く」（第三編5）彼を見つめ続けた末、「二時すぎに」（第三編5）出て行ったのである。

話を公爵とロゴージンに戻そう。互いに十字架を交換するにいたったあと、ロゴージンは思いついたように公爵を母親に会わせる。「黒衣の老婆が、無言のまま」案内した部屋には、「気持がまったくの赤ん坊に返っていた」母親が、「黒い毛織の服を着て、黒い大きな布を首に巻き、黒いリボンのついた白いさっぱりしたキャップをかぶって」ちんまりと椅子にかけていた。そばにいたもう一人の老婆も「やはり喪服」で、二人とも一言も発しない。

父親が亡くなって間がないから家人の喪服姿に不思議はないが、それなら、レーベジェフも奥さんをなくしたばかりである。たしかに、ヴェーラと次女が喪服を着てはいるけれど、ロゴージン家のように黒づくめの服の説明などはないし、居合わせた者はみな若く、陽気に笑いころげていた。作者は「どす黒い緑色」のロゴージン家に黒衣の老女たちを配して、ことさら暗い＜死＞の霧を立ちこめさせているらしい。

老母は二人を見ると「何度も頭をさげてみせた」。ロゴージンは「この人を祝福しておくれ」と言いつつ、母親の指を組ませようとした。

ところが、老婆は、パルフョンが手をくだす前に、自分で右手をあげて指を三本組みあわせると、公爵にむかって三度[*2]うやうやしく十字を切った。それが終ると、もう一度やさしく愛想よくうなずいてみせた。（第二編4）

三本の指で十字を切るのは正教徒（旧教徒は二本）である。汚れない童心に返った老婆は、眼の前にキリストを見たにちがいない。「もう人の話なんかなんにもわからない」老婆が、ほんの少し前まで公爵が話題にしていた「キリスト教の

＊2――三度：три раза。元の訳文では省略されているが、テクストにある語なので加えた。

本質のすべて」を実践してみせたのである。

第四編結末近く、結婚式直前のナスターシャ・フィリポヴナがロゴージンと行方をくらました翌日のこと、公爵は朝から晩まで彼女を探し回る。ロゴージン宅へは何度も足を運び、使用人に門前払いを食う。心当たりの立ち寄り先を訪ねるなか、教員夫人の家では、彼女が借りていた部屋を見せてもらう。あとできいた話によると、

公爵は部屋の中のものを一つ一つよく見まわしていたが、ふとテーブルの上に、図書館から借りてきたフランスの小説《Madame Bovary《マダム・ボヴァリー》》*3がひらいてあるのに眼をとめた。そして、その開いているページをちょっと折って、借りていっていいかとたずね、それは図書館の本だから困るという言葉に耳もかさず、そのままポケットへ入れてしまったということである。（第四編11）

そして四回目に、やっと「どす黒い緑色」のロゴージン家の中に入り、ナスターシャ・フィリポヴナがそこに死体となって横たわっていることを知るのである。なぜ公爵は『ボヴァリー夫人』の本に執着したのだろうか。彼女を救いたい一心から目まぐるしく右往左往する彼の一日と精神状態は、読むほうも疲れてしまう。癲癇の持病のある作者は、それを書くことによって発作を誘発しそうな感覚に陥

＊3――《Madame Bovary《マダム・ボヴァリー》》：元の訳文ではM-me Bovary《マダム・ボヴァリー》。Madameを略すと本来の敬称にならないし、フローベールもドストエフスキイも省略形を用いていないので、両者の原典のままに訂正した。

りはしなかったろうか。

　驚かされるのは、ドストエフスキイと『ボヴァリー夫人』の作者フローベールとの類似点だ。フローベールは一八二一年十二月十二日、外科医で病院長の次男としてルーアンに生まれ、院内に育ち、意に添わぬ勉学を強いられ二十三歳ごろ最初の癲癇の発作を起こしている。ドストエフスキイの誕生日十月三十日を新暦に直せば十一月十一日で、一ヵ月違いの同い年である。共に最後まで仕事をし続け、没したのも九ヵ月ぐらいの差である。ただしフローベールに貧苦はなかった。

　ドストエフスキイは、自分の分身でもあるムィシキン公爵をこれでもかと傷めつけているうちに、ふと同年同病で親近感があり、評価もしていたフランス人作家の作品を『白痴』に登場させてしまったのかもしれない。

7　＜レーベジェフの別荘＞

自宅のほかに、レーベジェフは、一部を人に貸すのが目的で、パーヴロフスクに別荘を持っている。パーヴロフスクは緑の濃い別荘地で、エパンチン家も、ナスターシャ・フィリポヴナが親しくしているダリア・アレクセーエヴナも、別荘を構えている。レーベジェフの家で別荘の話をきいたとき、公爵はすぐさま借りることにした。初めて見るのは、あれから三日後である。

レーベジェフの別荘はあまり大きくはなかったが、便利で、美しいと言ってもいいくらいであった。貸すことに定められたその一部は、とくに美しく飾られていた。外から部屋へはいるところにあるかなり広いテラスには、だいだい、レモン、ジャスミンなどが、緑色の大きな桶《おけ》に植わって、並んでいたが、これは、レーベジェフのもくろみによると、借り手を誘う何よりのながめなのであった。これらの樹の一部は、別荘といっしょに手に入れたものだが、彼はそれらがテラスに添えている風情にすっかり魅了されて、なおも完璧《かんぺき》を期するために、それらと似寄りの桶植えの樹を競市《せりいち》で買い足したのであった。（第二編6）

公爵は「この別荘がとても気に入った」。彼とヴェーラとの間には、その後なんの進展も見られないが、ヴェーラは常に公爵の身を案じ、公爵は誕生日の集まりで「ほかの人を押しのけて、真っ先に彼女のほうへ手をさしのべた」（第三編4）り、結婚式の事件後ロゴージン宅へ向かう朝、彼女の「額の真ん中に接吻して」（第四編10）無意識に別れを惜しんだりする。作者は自分とアンナともいえるこの二人の＜愛＞をいとおしむかのように、周囲をさりげなく「緑」で囲むのであろうか。

この庭は、果樹といい、緑色の大きな桶といい、ドストエフスキイにしてはかなり具体的である。彼はアンナとの結婚前年の夏をリュブリノの妹の家で過ごしている。最愛の姪ソフィヤがいる妹の家は、恐らくレーベジェフの別荘に反映しているのではないか。レーベジェフの長女ヴェーラは、作家の妹と同名だが、人柄はソフィヤのほうに近いと言ってよいだろう。

なお、エパンチン家の別荘が「スイスの山小屋の趣を取り入れて、まわりを花と青葉で飾った贅沢《ぜいたく》なもの」（第三編1）という＜青葉＞は、うら若い美女が三人もいる家として極めて自然なしつらいであろう。

8　＜アデライーダの絵のテーマ＞

エパンチン家の二女、素人画家のアデライーダは、いつも絵のテーマ探しに悩んでいる。「パヴリーシチェフの息子」[*1]事件が起きた翌朝、六月初めのことである。彼女は婚約者のЩ《シチャー》公爵と二人で、散歩のついでにムィシキン公爵を訪ねた。

アデライーダはそのとき、公園で一本の木を見つけた。それは長いうねうねした枝がこんもり生いしげり、新緑にもえている、幹には洞《ほら》や裂け目のある、みごとな古木であった。彼女は、なんとしてもこの木を描いてみようと思いたっていたので、半時間ほどの訪問のあいだもただこの話だけしていた。

（第二編11）

アデライーダは他人に絵のテーマを探してもらうという奇妙な人である。半年前、公爵は彼女に「十字架と首」というテーマで〝ギロチンの落ちてくる一分前

＊1――「パヴリーシチェフの息子」事件：（第二編7～9）。
パヴリーシチェフ（故人）は公爵の恩人。この尊敬する人物がカトリックに改宗したときかされ、それがきっかけとなって、公爵のローマ・カトリック攻撃（第四編7）も起きた。ペテン師の手で恩人の息子に仕立てられたブルドフスキーと仲間の若者たちは、遺産の半分を要求して公爵の前に現れる。なかでも「無心じゃない、要求だ、権利だ」と叫ぶドクトレンコ（レーベジェフの甥）はドストエフスキイの継子パーシャ（パーヴェル）そのものである。

の死刑囚の顔〟を描いてほしい、と頼んだことがある。深窓育ちの令嬢がそんな重いテーマに取り組めるだろうか。案の定、その後、絵ができあがったという話はきかない。ドストエフスキイにとっては、その場面でその話が必要だっただけであり、彼女の腕前などどうでもよかった。

自分で題材を見つけたことのない彼女が、みずから選び、「ただこの話だけして」帰るほど夢中になった「古木」の絵も、その後なんの音沙汰もなく立ち消えた。しかし、このほうは、この場面で必要な話とは思えない。彼女が初めて選んだテーマなのだから、完成させてやってもいいではないか。それをしないところをみると、目的はどうやらテーマにかこつけて「緑」を提示すること、やはり作者にとって必要な話題だった、と考えざるを得ない。

人の一生を「一本の木」にたとえれば、長い間には「洞《ほら》や裂け目」もできる。結婚を目前にした、〈愛〉と〈喜び〉と〈若さ〉にあふれるアデライーダが仰ぎ見るその木は、今「新緑にもえている」。二十歳の妻を迎えた四十五歳のドストエフスキイも、毎日のように散歩する公園で、新緑の古木に自分自身を見出していたのかもしれない。

9　＜エメラルド＞

腕っぷしの強い退役中尉ケルレルは、「パブリーシチェフの息子事件」で公爵の中傷記事を書いた男である。公爵の家に、告白と称してその実おねだりにやってきた。アデライーダが立ち寄った翌日、公爵の誕生日の前夜、七時半頃のことである。

「＜……＞いや、それにしても公爵、あなたなんかとてもご存じないことですが、現代において金をもうけるってことは、じつにむずかしいことですなあ！　まったくの話、どこへ行けば金が手にはいるか、ひとつお伺いしたいものですな。なに、返事はいつも決っています。『黄金《きん》か、ダイヤモンドを持ってこい、それを抵当に、金を貸してやるよ』というわけです。つまり、こちらの持ってないものばかりじゃありませんか。ねえ、ご想像がつきますか？　わたしはとうとう腹をたてて、いつまでもねばってやりましたよ。

『エメラルドの抵当で貸してくれるかね』ってきくと、『エメラルドでも貸してやろう』とぬかしたので、『いや、それは大いにけっこう』と言って、帽子をかぶって外へ出てしまいましたよ。ちぇっ、勝手にしやがれ、あの悪党どもめ！　いやはや、まったく！」（第二編11）

さすが質屋の常連ドストエフスキイだけに実感がこもる。

「で、きみはほんとにエメラルドを持ってたんですか」

「エメラルドなんて、とんでもない！　いや、公爵、あなたはまだ明るく、無邪気に、言ってみれば牧歌的に人生をながめていらっしゃいますな」（同上）

そのほかのとっておきの告白も笑いながらきいた公爵は、この男の「どこか子供っぽいほど人を信じる気持と、並はずれて正直なところ」をほめ、云い出せずにいる彼の「最終的な目的」を、「たぶん、お金でも借りたいと思ったんでしょう」と見抜く。

「あなたのような人を、なぜ世間では白痴《ばか》と言うんでしょう。合点がゆきませんよ！」と感嘆したケルレルは、結局、百五十の予定をあきらめ二十五ルーブリせしめた。

ここでは、お手のもののダイヤモンドから〈エメラルド〉にバトンタッチされ、しかも四回くりかえしている。偶然なのか〈水曜日〉の場合と同じである。直接「緑」が出てこないときは妙にしつこい。読者が気付かないことを恐れてでもいるかのように。ただし、そのような計算があったとしても、この場面はあまりにもコミカルに推移してしまい、やはり大方の眼には止まらないかもしれない。ルビーでもサファイヤでも代役がつとまるのに〈エメラルド〉が選ばれた理由は、つまるところ「緑」に落ち着く。

10　〈ロゴージンのネクタイ〉

ロゴージンにつきまとう緑色はほとんど常に暗色である。例外は第一編フィナーレでのマフラーと、このネクタイに限られる。

アグラーヤと公爵たちが公園のオーケストラを聴きに出かけた時のこと、「群衆のなかに」ほんの一瞬、「渦を巻いた暗色の髪をした」見覚えのある「蒼《あお》ざめた顔」が公爵の視野に入った。

そのとき彼の印象に残ったものは、ひん曲ったような微笑と、ちらと眼に映ったその男の明るい緑色の、しゃれたネクタイばかりであった。（第三編2）

そのあと「多少派手すぎる」身装りのナスターシャ・フィリポヴナと、そのとりまき連中がやってきて、またひと騒動もちあがる。ネクタイの男が誰であるかは明かされていないが、ロゴージンであることは間違いない。騒ぎのあと、彼は「思い姫」を連れ去る。この派手な「緑」を胸元に、彼にもひとときの〈恋の喜び〉が与えられたのであろうか。

ロゴージンには似合わない、取ってつけたようなこのネクタイは、それゆえにこそわざとらしさが際立つとでも作者が考えたのなら別だが、成功しているとは言い難い。なお、第四編に出てくるイヴォルギン将軍のほら話では、彼が子供のころ、ナポレオンに「小姓の役を仰せつけられ」「渋い緑色の燕尾《えんび》服を着て歩きまわった」そうだが、この「緑」には不自然さを感じない。

11　〈緑色のベンチ〉

　第三編から第四編を通して、眼まぐるしく入り乱れて登場するのが〈緑色のベンチ〉である。レーベジェフ家の庭にも据えつけられていたが、これは公爵が座っただけで役目は終わった。パーヴロフスクの公園の〈緑色のベンチ〉が主役であり、ほとんどアグラーヤと公爵の指定席になっている。

　公爵の誕生日の前夜、エパンチン家に集まった人びとの間で議論が交わされていた。母親ゆずりで裏腹なことばかり口にするアグラーヤは、公爵の言葉に感動し、ついにはヒステリックになって「どんなことがあっても、あなたとなんか結婚しませんからね！」（第三編2）と、しつこくからむ。それが彼女流の〈愛〉の告白であることに咄嗟には気付かない公爵は、「私はまだあなたに求婚したことはありません」「どうぞ安心してください！」と、うろたえて叫ぶ。彼女は不意に笑い出し、公然と公爵に手を取らせ、皆といっしょに公園へ音楽を聴きに出かける。

しかし、アグラーヤの謎はこの夕べだけではすまなかった。最後の謎が公爵ただひとりにかけられたからであった。別荘から百歩ばかり離れたところまで来たとき、アグラーヤはかたくなに押し黙っていた自分の騎士《カヴァレール》にむかって、ささやくような早口でこう言ったからである。

「右手をごらんなさい」

公爵はちらっと眼を走らせた。

「もっとよくごらんなさい。この公園のベンチがお見えになって、ほら、大きな木が三本立っているところ……緑色のベンチがあるでしょう？」

公爵は見えますよと答えた。

「あの場所がお気に入りまして？　あたくしはときどき朝早く、七時ごろ、まだみんなが眠っている時分に、あそこへひとりっきりですわりにくるんですのよ」

公爵はじつに美しい場所だとつぶやいた。（第三編2）

「ベンチの話を聞いたとき、彼の心臓はおそろしくどきどきしはじめた」。彼はそれが逢いびきの場所であることを予感したのである。このベンチの緑色が明色か暗色かは不明でも、朝七時なら明るいはず——その夜、公爵が彼女から受け取った紙切れにも、同じ時刻が指定されていた。

『明朝七時に、あたくしは公園の緑色のベンチのところで、あなたをお待ち申しあげます。〈……〉緑色のベンチというのは、さきほどあたくしがお教えした、例のところです。〈……〉』（第三編3）

手紙を見てからの公爵は、ひょっこり現れたケルレルを相手に「並みはずれて陽気な笑い声」を立てながら、さっきアグラーヤが伝授してくれた「ピストルの弾丸《たま》こめ」を受け売りする。しっかり者のかみさんに先方《せんぽう》への口上《こうじょう》を教えてもらう、人のいい甚兵衛さんそっくりの、まるで落語の世界である。

ケルレルと別れて、暗い公園の中をさまよい歩いた末、公爵は「何かわびしい気分になりながら」「ベンチの方に近づいて、そこに腰をおろした」。

あたりはしいんと静まりかえっていた。停車場の音楽はもうやんでいた。公園にはもう誰ひとりいないようだ。もちろん十一時半より早いことはなかった。夜は静かで、暖かくて、明るかった――六月はじめのペテルブルグの夜であった。しかし、彼のいる深々と繁《しげ》った木陰《こかげ》の多い並木道は、もうほとんど真っ暗であった。（第三編3）

明るい白夜も木陰では暗い。

並木道の砂にきしむ静かな足音に、彼は思わず顔を上げた。闇《やみ》にまぎれて顔のはっきり見えないひとりの男が、ベンチのほうに近づき、彼と並んで腰をおろした。公爵はいきなりその男のほうへぴったりと体を寄せた。と、ロゴージンの蒼《あお》ざめた顔が見わけられた。（同上）

＜緑色のベンチ＞も、闇の中で、しかも死神ロゴージンが現れたのでは、暗色の＜死＞の「緑」と化すだろう。すでに一度公爵にナイフを振りかざしたロゴージンは、再び機会をうかがっていた。「なんだってそんなに脇《わき》へよけるんだい？　なぜその手をそんなに隠すんだい？」と公爵もいぶかるほど、ロゴージンは「両手を隠して立っていたのである」。しかし「かれこれ十二時」で、誕生日とともに「新しい生活」が始まったとはしゃぐ「公爵のうれしそうな熱中した様子」に、彼は凶行を思いとどまる。

帰宅すると、誕生祝いの席で、イポリートの自殺未遂つき《弁明》騒ぎがあり、それがやっと片づいてから、不安がつのるまま夜中の「三時をすぎたころ、公爵は公園へおりていった」。

〈……〉逢いびきに指定された緑色のベンチのところまで行き、そこへ腰をおろすと、いきなり大声をあげて笑いだした。が、たちまち、そうした自分自身にたいして、たまらない嫌悪《けんお》の念を感じるのだった。彼のものわびしい気持はなおもつづいていた。（第三編7）

取りとめない思いに自分を苦しめていくうち、「彼はベンチの上で眠りに落ちてしまったが、その不安は夢の中でも相変らずつづいていた」。しかし、朝の七時、アグラーヤの「明るい生きいきした笑い声」と共に、〈緑色のベンチ〉は明るい〈生〉の「緑」に戻る。

夜のベンチにアグラーヤの姿はない。朝のベンチにロゴージンは現れない。公爵も、ひとり暗いベンチに座れば、ふさぎの虫に取りつかれる。作者は三本木の下の〈緑色のベンチ〉を朝と夜で逆転させ、明暗の対比を図ったように思われる。

アグラーヤと公爵の婚約発表が行われるという前日、ガーニャは「明朝正七時に、緑色のベンチであなたにお目にかかりとうございます」（第四編2）というアグラーヤからの手紙を受け取り、まだ脈があると有頂天になるが、彼はそこに座ることもなく「たった一秒間で片をつけ」られてしまう。「じつはぼくもやはり、きょう緑色のベンチのところへ来るように言われていたのですよ」（第四編8）と、その証言者イポリートは言う。彼はかけさせてもらったが、用事で呼び出されたに過ぎない。アグラーヤがガーニャに愛を誓ったという場所もここであるが、これは話そのものが嘘であった。

＜緑色のベンチ＞は広範囲にわたっていったい何回くりかえされることか。十九世紀ロシアのベンチは緑色であった、などという資料はどこにも見出せない。もし緑色が普通なら、何もいちいち「緑色の」という形容詞をつけなくてもいい。つけるからには他の色があってもいい。けれど、この小説に他の色のベンチは出てこないのである。夜七時ごろに公爵が「何かしら暗い影がちらっと沈みゆく太陽をかすめた」（ロゴージンらしい）のを感じる夏の園《レートニイ・サート》*1のベンチと、夜中の十二時半にロゴージンとナスターシャ・フィリポヴナが公爵を待ち伏せしていたベンチは、三本木の下のベンチとは別物で、色もわからない。

＊1――レートニイ・サート：ネヴァ川に面し、フォンタンカ運河に沿った庭園。近くにドストエフスキイゆかりの中央工兵学校や警察署がある。アグラーヤの住まいも近い。

12　〈木立〉と〈緑色の掛けぶとん〉

第二編の終わりごろから第三編まで、長丁場の出番をもつのが〈木立〉である。イポリートと公爵に結びついた〈木立〉は、意外にむずかしい役回りを引き受けている。対立関係に置かれた〈赤いレンガのマイエルの壁〉。さらに、〈木立〉とは一見なんの関係もなさそうな、イポリートの夢の中に出てくる〈緑色の掛けぶとん〉。これら緑と赤の三本の糸は、互いに絡み合って、一本の美しい紐に縒《よ》り上げられていくようである。

イポリートによると、〈木立〉に囲まれながら暮らすよう別荘への引越しを勧めたのは公爵である。以下にイポリートの《弁明》の冒頭部分を引く。

「きのうの朝、公爵がやってきた。彼は自分の別荘へ引きうつるようにと説得しにきたのである。〈……〉ぼくは、彼がふたこと目には『木立ち、木立ち』と言うのは、いったいどういうつもりなのか、またなぜそれほど『木立ち』を押しつけようとするのか、とたずねてみた。するとおどろいたことに、なんでもあの晩、ぼく自身が、この世の見納めに、木立ちを見にパーヴロフスクへやってきたと、口走ったそうである。そこでぼくが、木立ちの下で死ぬのも、窓ごしに例の煉瓦《れんが》をながめながら死ぬのも、ぼくにとってはどっちみち同じことではないか、それにあますところ二週間といういまとなっては、なにもそんなに儀式ばることはないじゃないか、と言うと、彼はすぐさま同意した。だが、彼の意見によると、緑[*1]と清浄な空気は、かならずやぼくの肉体に生理的変化をもたらして、ぼくの興奮やぼくの夢も変ったものになり、たぶんいまよりも楽になるかもしれない、と言うのであった。〈……〉」（第三編5）

「あの晩」とは「パヴリーシチェフの息子事件[*2]」の夜を指す。騒ぎのあとイポリートは、「じつは、ぼくがここへやってきたのは木立《こだ》ちを見るためだったんですよ。ほら、あれですよ」（第二編10）と、公園の〈木立〉を指さしてみせた。

あ、そうだ。さっきあなたが別れを告げられたとき、ああ、ここにこういう人たちがいるけれども、この人たちもじきにみんないなくなってしまうのだ、永久に！　と、ふと考えたんです。この木立ちにしても同じなんです―

＊1――緑と：元の訳文では зелень が「緑の色」となっている。色だけに限らないので変更した。

＊2――パヴリーシチェフの息子事件：本書Ⅳ－8、＊1を参照。イポリートもブルドフスキーの仲間の一人としてその場にいた。

——残るのはただ煉瓦《れんが》の壁……ぼくの窓の真向かいにあるマイエル家の赤い壁ばかりです……（第二編10）

イポリートは「長いことベッドに寝ていて、そのあいだずっと窓をながめて、じっと長いあいだ考えてきた」。「真向かいにあるマイエル家の赤い壁」には、彼のありとあらゆる思いが焼きつけられている。マイエルの壁は即ちイポリートの思想そのものであり、彼はこの壁を見捨てることができない。《弁明》という遺書を朗読することによって、彼は「壁」を公開したのである。「残るのはただ煉瓦の壁」――《弁明》の中にはドストエフスキイが残したい思想がつまっている。

ぼくはただ万人の幸福のために、真理の発見と伝道のために生きたかったんです……ぼくはマイエル家の壁を窓ごしにながめながら、たった十五分ばかりの話合いで、ありとあらゆる人を説得させたいと思ったことがあります。（第二編10）

この言葉から浮かんでくるのはキリストであろう。それはムィシキンの、そしてドストエフスキイの理想につながる。しかるにイポリートは「何ひとつ思い出となるべきものさえ残すことができずに」「たった一つの信念を広めることもできないで」死んでいかねばならない。「自然というものは皮肉なもの」と確信するばかりであった。

　イポリートにとって「木立ちをながめる」とは、死刑を宣告されていない幸せな人たちの間に足を踏み入れることを意味するのだろうか。「仮面をかぶった、口先だけうまい」連中の「お慈悲なんかけっこう」とひねくれていたイポリートだが、リザヴェータ夫人や公爵のなかに真実の〈愛〉を見出すにつれ、何よりも大事な「壁」から「木立ち」に傾いていく。〈木立〉は本来やさしい存在であるはずだ。

　「自分はいつでも唯物論者だった」という公爵は、先の引用で見る限り、「緑」の心理的効果よりも、科学的効果のほうに重きを置いているようである。実際、イポリートも、「彼は医学者か」と疑う。

　引越しの一週間前、イポリートはБ－н《ベーエヌ》（医者？）がよこした「唯物論者で、無神論者で、ニヒリスト」の大学生キスロロードフに、「きみの余命はあと約一月だ〈……〉環境がよければ、あるいはもっと長くなるかもしれないが、あるいはそれよりずっと早くなることもある」（第三編5）と宣告されていた。キスロロードフの名は酸素（кислород《キスラロート》）から来ている。森の好きなドストエフスキイは毎日のように公園を散歩していた。たいてい夫人といっしょなので、思索の時間というより「生理的」に緑が必要だったらしい。「清浄な空気」は「酸素」を指すとして、「緑」の方は具体的には何を指すか。予言者ドストエフスキイは酸素以外のなにものかの存在を信じていたにちがいない。

植物は酸素を放出するだけではない。フィトンチッド（фитонцид）と呼ばれる、殺菌特性を有する揮発性物質をも、大気中に多量に分泌している。

　これらの物質を私はフィトンチッドと名づけた。この用語はこの物質が植物（フィトン）に由来することと、その能力——殺す（チッド）こととを指している。〈……〉揮発性フィトンチッドは一九二八～三〇年に、私が発見した。（『植物の不思議な力＝フィトンチッド』）

と、トーキン教授（Б．П．Токин．生態学者　一九〇〇—）は著書の中で述べている。発見者がロシア人であることは、改めてロシアが森の国であることを実感させる。そして、フィトンチッドの生産者〈木立〉は、イポリートの病気に有効なのである。

〈木立〉をすすめたのは公爵でも、はじめ無意識のうちに〈木立〉を求めたのはイポリートである。彼は「暗愚にして冷酷な全能の存在」である「自然」を憎悪する。だが、その対象はホルバインの《墓の中のキリスト》が象徴するような「自然の法則」であり、「緑」の自然ではない。

イポリートは、公爵が説得に「やってくる直前に、まるであつらえたように、一つのいい夢を見た」。《悪い夢》ではない。「いい夢」だと彼は言う。「まるであつらえたように」は、＜コーリャの襟巻＞の場合の「わざとのように」と同じкак《カーク》 нарочно《ナローシュナ》であり、この夢のわざとらしさを予告している。先の引用（第三編5）でも「ぼくの夢」はイタリックで強調されている。

ぼくは、ふと眠りこんでしまった――彼がやってくる一時間前だったと思う――気づいてみると、ぼくはある部屋の中にいた（しかし、ぼくの部屋ではなかった）。そこはぼくの部屋より大きく天井も高く、家具も上等で、明るかった。そこには戸棚《とだな》、洋服簞笥《だんす》、ソファ、そして緑色の[*3]絹蒲団《きぬぶとん》がかかっている大きな幅の広いぼくの[*4]寝台が並んでいた。（第三編5）

その部屋は彼の部屋ではない。彼の家の別の部屋とも思われない。明るくて大きな他人の部屋である。にもかかわらず、そこにある寝台は〝ぼくの寝台〟（моя《マヤ》 кровать《クラヴァーチ》）なのだ。寝台の上には、直訳すると『緑色の綿入れの掛けぶとん』がかかっている。ベッドの上のふとんを、なぜこれほど詳しく書くのだろう。そしてなぜ緑色なのか。これは〝一つの〟という不定冠詞つきの部屋である。ぼくの部屋ではない、とわざわざ断っておきながら、なぜ〝一つ

＊3――緑色の：元の訳文では「緑色の」のあとに読点（､）がある。ここに読点があると、「緑色の」が「ふとん」にではなく、「寝台」にかかってしまう。ドストエフスキイの原文では「ふとん」にかかっているので読点を削除した。
＊4――ぼくの：元の訳文では省略されているが、直訳して加えた。

の〃寝台ではなく、いきなり「ぼくの」（моя）という物主代名詞[*5]のついた寝台が出現するのだろう。

夢の中のこの部屋は公爵の別荘の一室で、「大きな寝台」は公爵がイポリートのために用意したものであろう。彼はそこに豪華な〈緑色の掛けぶとん〉をやさしく掛けておくのである。〈緑色の掛けぶとん〉は、公爵の〈愛〉の象徴であり、〈ムィシキンの木立〉に等しいと言えないだろうか。

ドストエフスキイの若い友人、フセヴォロド・ソロヴィヨフ[*6]は、回想のなか（『ドストエフスキー　同時代人の回想』）で、ドストエフスキイの性格や生活を確かな眼でとらえている。経済的に多少ゆとりのできた晩年になっても、彼は相も変わらぬ日常を送っていたらしい。「狭くて、うす暗い階段」を昇り、「天井の低い控えの間」を通る「小さな家屋の、隅っこの粗末な部屋」が五十二歳の作家が寝起きする書斎だった。「質素な古い机」の横に、小さな戸棚、壁にそってベッド代わりの「安物のソファ」。イポリートの本当の部屋は、夢の中とは正反対の、このようなものであったろう。ドストエフスキイは生涯「大きな幅の広い寝台」で安らかな眠りを得たことなどなかったかもしれない。

しかし、夢の中の寝台はととのえられているだけで、イポリートはまだ〈緑色の掛けぶとん〉にくるまってはいない。部屋には蠍《さそり》に似た「一種の怪物」がいて「ことさら」彼を追いまわす。母親ともう一人の男（イヴォルギン将軍？）が入

＊5――物主代名詞：ロシア語文法用語。英語では人称代名詞の所有格、仏語では所有形容詞に当たる。

＊6――ソロヴィヨフ：既出　フセヴォロド・セルゲーエヴィチ・ソロヴィヨフ（1849－1903）作家、批評家。父セルゲイ・ミハイロヴィチ（1820－79）は著名な歴史家。主著『ロシア史』が『白痴』に登場する。ロゴージンの机上に、読みかけの『ロシア史』があり、ナスターシャ・フィリポヴナに勧められたという。それをきいて公爵は喜ぶ（第二編３）。弟ウラジーミル（1853～1900）も著名な哲学者・詩人。ドストエフスキイがフセヴォロドと知り合ったのは『白痴』よりもずっと後の晩年。

ってきたが、彼らは「恐れるふうもなかった」。飼い犬のノルマに救われたところで眼が覚める。と、そこに公爵が立っていた。

それは褐色《かっしょく》の、殻をかぶった爬虫類《はちゅうるい》で、長さ十七センチばかり、頭部の厚みが指二本ほどで、尻尾《しっぽ》に近づくにつれてだんだん細くなっているので、尻尾の先端は太さが四ミリぐらいしかなかった。頭から四センチぐらいのところに、長さ八センチぐらいの足が、四十五度の角度をなして胴体の両側に一本ずつ出ていた。そのため上から見ると、この動物全体がまるで三叉戟《みつまたぼこ》の形をなしていた。頭はよく見きわめられなかったが、あまり長くない、二本の堅い針の形をした褐色の触角が見えた。これと同じような触角が尻尾の先にも、両足の先にも二本ずつ出ていた。つまり、全部で八本あるのだ。（第三編5）

身をくねらせて素早く動くこの「恐ろしい動物」は「その中になんだか秘密がかくれているらしかった」。犬も「その動物の中に何か運命的な、また何か恐ろしい神秘が隠されていることを、直感したかのように思われた」。ロゴージンの化身のような、＜死＞のシンボルのようなこの「怪物」は、イポリートの視点では「冷酷な自然の法則」であろう。その「自然の法則」をノルマ（Норма規範）がかみ殺そうとするが、犬は舌を刺され、怪物は「まだぴくぴく動いていた……」。ノルマは五年前に死んだ犬である。

それにしても「怪物」の精密な描写には恐れ入る。『ヨハネ黙示録』の龍、ラファエッロの《聖ミカエルと龍》[図25]のイメージが入っているかもしれない。何が「隠されている」のか、正体が気になる。褐色で「油虫の汁のような、白い汁」を出すところからみて、原型はゴキブリではなかったか。それが作家の頭の中でサソリやトカゲの類に進化し、得体の知れない「運命的な」ものへと変わっていった。

ただし、この動物は虫ではない。テクストに「虫」という語は出てこない。「動物」「怪物」「サソリに似て非なるもの」「爬虫類」「毒のあるもの」「けがらわしいやつ」といった種類の言葉に修飾語がついたりつかなかったり……最多使用語は「けがらわしいやつ」である。

私はこの動物の実像を得たいと思った。作者が細部にわたり書きたてて、なかに秘密が隠れているという以上、放っておいては礼儀に反する。そこで、工兵学校出身者であるドストエフスキイの設計に従って、寸法[*7]だけは正確に、素朴な作図を試みた。[図26]それが身をくねらせた姿を想像してみた。そのイメージから、するりと抜け出してきたものは、十字架上のキリストであった。[図27]磔刑像に行き当たってしまったわけである。ひとつには、〝八本の触角〟を有する怪物の背後に、

＊7——寸法：原文では、「長さ17センチばかり」がдлиной вершка в четыре（長さ4ヴィルショークほど）となっている。вершокはロシアのメートル法施行以前の長さの単位で、1ヴィルショーク＝4.445cm。4ヴィルショークは17.78センチになる。

〔図25〕ラファエッロ《聖ミカエルと龍》
1505年頃　パリ、ルーヴル美術館
板に油彩　31×27.5㎝

〝八つの先端[*8]〟を持つロシア正教の十字架が、影のように浮かんだからでもある。

しかし、なぜキリストが怪物になって現れるのかという疑問に答えねばならない。イポリートの《弁明》は、次の章（第三編6）でロゴージン家のホルバインの絵に及んでいく。「たったいま十字架からおろされたばかりのキリストの姿」には「美しさなどこれっぽっちもない」。「そこにはただ自然があるばかり」、「キリストでさえ、ついには打ちかつことのできなかった自然の法則にどうして打ち

＊8――八つの先端：III－2「ローマ法王」の章を参照。

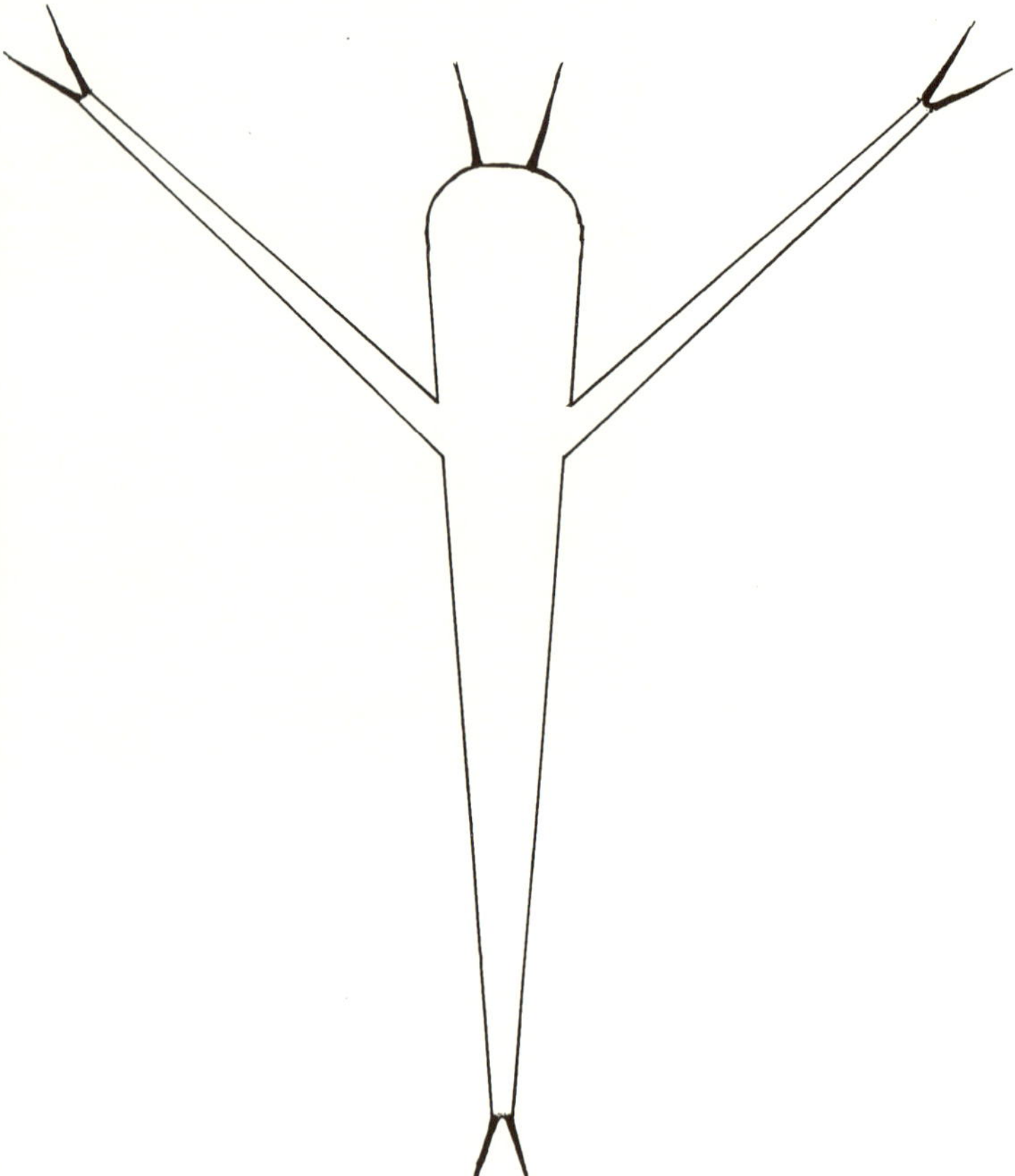

〔図26〕「怪物」の縮尺想像図（イラスト筆者）

〔図27〕 磔刑像の一例、グリューネヴァルト≪キリストの磔刑≫イーゼンハイムの祭壇画（中央）

1512〜1515年　コルマール、ウンターリンデン美術館
右手の人差指でキリストを指しているのは洗礼者ヨハネ。指と口の間にILLVM OPORTET CRESCERE ME AVTEM MINVI：とある。（彼は必ず盛になり、我は衰ふべし。ヨハネ伝３－30）

かつことができようか！　この絵を見ていると、自然というものが何かじつに巨大な、情け容赦もないもの言わぬ獣のように」迫ってくる。イポリートがこうした考えにとらわれているうちに、施錠した部屋にロゴージンが入ってきたのである。

イポリートにとってホルバインのキリストは「自然の法則」の象徴であり、それが怪物の形をとって夢の中に現れたものと思われる。なお、「三叉戟《みつまたぼこ》」とは穂先が三つに分かれた槍である。十字架上の死せるキリストは、確認のため右脇腹を長槍で突かれたので、「槍」はキリストの受難具の一つでもある。

イポリートの〈木立〉が、死刑を宣告されていない（が、いずれは免れない）幸せな人たちだとすれば、公爵の〈木立〉は、より自然な、樹木そのもののような〈愛〉の結晶である。植物は決して人間や他の生き物に〈愛〉を押しつけたりはしない。だが、最も美しい〈愛〉を、しずかに、かわることなく、神のように我々にふりそそいでいるのは植物ではないか。他の生き物はそれをよく承知しているのに、人類だけはどうしてそれがわからないのだろう。

イポリートは、公爵の〈愛〉の象徴、唯物的な「緑」の〈木立〉を受け入れ、彼の精神的支えである「赤い」「マイエルの壁」に別れを告げる。

13 エピローグ

ドストエフスキイが好きな絵とは、だいたい、ストーリイ性のあるものか、個性を描ききった肖像画――そこからストーリイを引き出せるもの――に限られているように思われる。いわゆる静物画、花瓶にさしたバラの花だとか、ブドウの房に洋梨だとか、それがいかに芸術的に高く評価されようと、そういうものには感動しない。人物画というより、どこかに人間が描かれていなければならない。そして彼にとって、すぐれた絵画とは、すぐれた長編小説でなければならない。そしてラファエッロは一つの長編小説を一枚の絵に凝縮させる技量の持ち主である。

ギロチンの落ちてくる一分前の死刑囚の顔を描いてほしい、ただし「その絵の中には、以前あったことを何もかも残らずあらわしていなくちゃいけないんです」、それをあなたでも誰でもいい、ぜひとも絵にしてほしい、と公爵はアデライーダに懇願する。もしそんな作品が存在したら、ドストエフスキイは椅子の上はおろか梯子《はしご》をかけてでも、穴のあくほど見つめつづけたことだろう。

『白痴』は、ラファエッロの《システィーナの聖母》から得たと思われるイメージを、人間の根本概念である〈生〉〈死〉〈愛〉をシンボルとする「緑」を介して、長大なストーリイに発展させていった作品、と私は解する。フィナーレの〈緑色のカーテン〉へ読者の注意を向けさせるべく、わざとらしさの見える「緑」をばらまき、幕切れのカーテンを開くことによって、《システィーナの聖母》の世界へと融合させようと試みたものの、結果はもどかしさだけが残った、と嘆いているような気がする。

子供っぽい理想主義とからかわれるのを恐れてか、ドストエフスキイは、死を眼の前にした幸うすい十八歳のイポリートの《弁明》のなかに、みずからの遺書を封じこめる。

〈……〉あらゆるまじめな思想のなかには、たとえ万巻の書を書いても、三十五年間もその思想を説明してみても、どうしても他人に伝えることのできないものが残るものなのである。どんなことがあってもその人の頭骸骨《ずがいこつ》の中から出ていこうとせず、永久にその人の内部にとどまっている何ものかがあるのだ。ひょっとすると、人びとは自分の思想のなかで最も重要なものを、誰にも伝えないで死んでいくのかもしれない。（第三編5）

イポリートは「三月の半ばごろ」路上で「紙入れ」を拾って届けたことから、ある医学生一家に、彼らが生涯忘れ得ない善根を、さりげない形でほどこした。

人が自分の種子を、自分の《慈善》を、自分の善行を、たとえそれがどんな形式であろうと、他人に投げ与えることは、自分の人格の一部を与え、相手の人格の一部を受けいれることになるのさ。つまり、その人たちはたがいに交流することになるんだ。もうすこし注意を払っていれば、人はその酬《むく》いとして、りっぱな知識というより思いがけない発見をすることになるのさ。そしてついには、自分の仕事をかならず学問としてながめるようになるんだね。それはその人の全生涯をのみつくし、それを充実させることができるんだ。一方、その人のあらゆる思想――その人によって投じられ忘れられてしまった種子は、また血肉を付されて生長していくんだ。人から授けられたものが、さらに別な人間にそれを伝えていくからだ。（第三編6）

イポリートは、囚人をいたわる《将軍じいさん》*1のエピソードを語る。じいさんは「訓示めいたことなんかは決して誰にも言わないで」家族同様に扱い、「囚人と対等に応対して、すこしも区別をつけなかった」。顧問のような役職にあったが、生涯そんなふうに暮らして「しまいには全ロシアと全シベリアの人びとが、

＊1――将軍じいさん：作家の流刑時代にモデルとおぼしき人物がいる。名をクジマ・プロコーフィエヴィチ・プロコーフィエフという軍使で、「人のいい、われわれに対して人類愛にみちた態度で接する、想像しうるかぎりのすばらしい老人」であり、ペテルブルグからトボリスクへ移送される途中、「有蓋の橇に移してくれ」、「われわれの出費のほとんど半分近くを自腹を切って払ってくれました」と兄への手紙に書いている。
（全集20、pp.123～4、ミハイル宛、オムスク、1854年2月22日）

つまりあらゆる罪人たちが、じいさんのことを知るようになったのさ」。

こうした人格と人格との交流が、その交流を受けた人物の運命にどんな意味をもつようになるか、〈……〉そこには一個の人間の全生涯と、ぼくたちの眼には見えない無数の文脈があるんだから。(第三編6)

公爵の博愛精神は、意に反した結果をもたらしたかもしれないが、彼が投じた「種子」は、彼が接した人びとに、そして全ロシアの人びとに伝えられていく。さらに、小説の読者を通して全世界に——それこそがドストエフスキイ念願の「来たるべき人類の運命の解決」に果たす「役割」なのであろう。

〈愛〉は憐憫であってはならない。あわれみは侮辱につながる。イポリートも、イヴォルギン将軍も、そしてナスターシャ・フィリポヴナも、自分で自分をあわれんでいるからこそ、人からあわれみの対象にされることを何よりも恐れている。〈愛〉は相手への尊敬から始まることを、言葉に細心の注意を払いつつ、身をもって示す公爵ではあるが、その見透かす能力が災いして、相手は敏感に顔色をよむ。彼らは疑心暗鬼の苦しみに耐えられず、反撃に出るか、自分の殻に閉じこもってしまう。相手に受け入れてもらうためには、途方もなく長い時間を要する。エヴゲーニイ・パーヴロヴィチがいみじくも指摘したように、公爵はあまりに性急すぎたのである。しかし、『白痴』の登場人物のほとんどは、なんらかの形で、公爵の影響を受けていることも確かである。

> もしこうした多年の労苦や知識が積って、その人が偉大な種子を投げるまでになったら、つまり、この世に遺産として偉大な思想を残すことができるまでになったら……（第三編6）

「その人」とはキリスト公爵であるとともに、ドストエフスキイ自身を指すのであろう。すべての虐げられた人びとを「救済」し、死者を「復活」させたい。だが、いかに切実な願いであっても、それはあくまでも作家の「夢」にすぎない。

ムィシキンの名はネズミ（мышь《ムィシ》）から出ている。フィレンツェ発のドストエフスキイの手紙[*2]にも、「ぼくたちはこの二週間、穴倉の鼠みたいに凍えてしまいました」とあるが、鼠はムィシキンであり、ドストエフスキイである。作並びに演出兼主演のドストエフスキイは、公爵だけでなく、イポリートにもリザヴェータ夫人にも変身し、レーベジェフやエヴゲーニイ・パーヴロヴィチのプロンプターもつとめ、その他大勢の面倒を見て、まことに忙しく立ち働いた。スイス滞在のリザヴェータ夫人は、小説の末尾で読者に向かい、吐きすてるように、いらだちをあらわにする。

＊2――手紙：ソフィヤ宛、新暦1869年1月25日付（ロシア暦2月6日）（全集21、p. 162）

ここじゃどこへ行っても、パン一つ満足に焼けやしないんだから。冬は冬でまるで穴蔵の鼠《ねずみ》みたいに凍えている始末ですからね〈……〉それに、こんなものはみんな、こんな外国や、あなたがたのヨーロッパなんてものは、何もかもみんな幻影にすぎませんよ。外国へ来ているわたしたちにしても、幻影にすぎないんですよ……このわたしの言葉を覚えていらっしゃい、いまにご自分でわかりますからね！

〔付〕

付1　≪詩人A・N・マイコフの肖像≫［図28］

どこかに、もっとマイコフの写真か肖像画がないものか、あればぜひ観たいと願いながら果たせずにいた。

アポロン・ニコラーエヴィチ・マイコフ、高踏派の詩人にしてドストエフスキイの生涯の親友。作風はイメージに富み絵画的という。あいにく訳詩も見つからず読んでいないが、ロシアの自然を歌った作品の多くはチャイコフスキイやラフマニノフのロマンスに取り上げられているとのこと。

著名な詩人、批評家であると同時に、たぐい稀な善意の人だった。『白痴』の主人公的なところも見受けられる。ただしムィシキンほど閑人ではないし、お節介でもない。彼の持って生まれた優しさは、ドストエフスキイの背負う重荷をごく自然に軽くしてくれたであろう。ドストエフスキイのように病的に気分の変わりやすい、怒りっぽい人と長い友人関係を保つこと自体が尊敬に値する。マイコフの眼はきっと美しかったに違いない、私はそう信じていた。

そのマイコフ本人だけでなく、夫人（アンナ・イワーノヴナ）も、母親（小説も書き、サロンを開く）も、二歳下の弟ワレリヤン（一八二三〜四七）も、ドストエフスキイ夫妻と親しかった。父

（ニコライ・アポローノヴィチ）は画家で美術院会員。早くから批評家として活躍したワレリヤンはドストエフスキイを高く評価し真の理解者だったといわれているが、惜しくも早世した。

兄マイコフの人柄は、ドストエフスキイが四年余のヨーロッパ滞在中に彼に宛てた書簡から浮かび上がってくる。アンナ夫人（アンナ・グリゴーリエヴナ）の次にドストエフスキイに尽くした人と言ってもいいくらいである。熱しやすく冷めやすいドストエフスキイの友人関係は長続きしないのに、マイコフだけは別で、かけがえのない大切な助言者だったらしい。親切で誰にでも好かれるタイプの常として、マイコフは自分の仕事が疎かになったりしなかったろうか。

気の合った文学者同士だから、手紙の内容はお互いの仕事や社会面に傾くのは当然だが、そのほかにマイコフはありとあらゆる愚痴をきかされ、使い走りも引き受けることになる。もちろん金銭の問題がからむ。たとえ平身低頭であっても、厄介者のパーシャ（ドストエフスキイの義理の息子）や兄嫁のことまで頼まれるのでは、マイコフに同情したくなる。でも、それほど彼は信頼される相手なのだ。彼の手紙はなくても、ドストエフスキイの手紙や、同時代人の書いたものにちらりと現れるマイコフの言動から、この友の誠実さが伝わってくる。

年齢も同じ、尊敬し合っていた仲とはいえ、一方的にお願いばかりするドストエフスキイを見放すことのなかった人、神様のような存在マイコフ——彼を友人に持っていたドストエフスキイは幸せだった。実際、手紙の中で「私の神」と呼んでいる。一方的と言ってしまったが、マイコフにしても、ドストエフスキイを深く理解していればこそ嫌な顔ひとつせずに友を支えることができ、またドストエフスキイから得るものも大きかったに相違ない。

印刷で見知っているマイコフの肖像画は二十五歳ごろのもの（パルイシェフ画、一八四六年）だけで、眼鏡もヒゲもなく固い表情をしている。この肖像が描かれた頃、ドストエフスキイとの親交が始まっているのだが、若すぎるせいか、私の想像する人物にどうしてもそぐわない。どこかでお眼にかかりたいと思いつつ、探す努力を怠っていた。

ところが、ある日、突然、彼に出会ってしまった。

上野の東京都美術館で「トレチャコフ美術館展」が開かれていたのは、今から七年前、一九九三年四月から六月にかけてであった。

混んでいるかいないか——展覧会に行くには、何といってもこれが最大の問題である。次の難題は話し声だ。すいてさえいればいいわけではない。作品に対する突拍子もない反応ならまだしも面白いが、近くにいる人に聞かせようと声を大にする物識り氏にぶつかったら災難だ。物識り氏には通常、ただ感心して相槌を打つだけの連れがいる。手頃な相手がいてこそ、ご高説に拍車がかかる。一人で来たらストレスがたまるだろう。広い部屋で逃げ場もなく、上の階へ移るとまた迫ってくる、そこで下へ降りて、など繰り返していたのでは、疲れ果てて鑑賞どころではない。

とにかくすいていそうな日時を選んで「トレチャコフ美術館展」へ出かけた。五月十二日木曜日の昼近く、ちょうど中だるみの会期半ば、大型連休も終わっている。文化会館の前あたりで修学旅行生の群に出くわした。一瞬がっかりしたけれど美術館には関係ないらしく、幸運にも展覧会場に人はまばらだった。

「ロシア近代絵画の至宝」と銘打った同展は、移動展派を中心にした十九世紀後半から二十世紀

〔図28〕 ワシーリイ・グリゴーリエヴィチ・ペロフ≪詩人A.N.マイコフの肖像≫
1872年　油彩　カンヴァス　103.5×80.8cm

〔図29〕 ペロフ≪作家F.M.ドストエフスキイの肖像≫
1872年

初頭までの一一八点。ペロフ、クラムスコイ、レーピンなど、ドストエフスキイと同時代のすぐれた画家たちが描く、当時の矛盾に満ちた社会、民衆の暮らし、ロシアの自然、そして知識人たちの肖像――その中にマイコフが姿を現すとは、愚かにも予想していなかった。

ちょうど次の一室へ移る手前で、やや高い位置から、知的にやさしい、言いようもなく美しい視線がこちらに注がれたとき、私は驚きとともにしばらく立ちすくんでしまった。今頃になってこの方にめぐり会おうとは――でも、そのほうがよかったのかもしれない。待ってこそ感動は深まる。生身の自分は縮まり、肖像にすぎない相手はその分大きく見えた。

それはペロフの作品であった。かなりの大作で、同じペロフ作のドストエフスキイの肖像画〔図29〕とともに一八七二年、トレチャコフの注文で描かれたものだった。

有名なドストエフスキイの肖像画のほうは来ていなかったが、膝をかかえて沈思黙考のポーズはよく書物の扉などに使われている。小説の構想を練っている最中か、深い物思いに沈んでいるところか、見事な性格描写がなされているのだが、斜め横から描かれているために作家の視線はこちらに向かわず、やや伏目で生気を欠いている。そのように描きたかった画家の意図はよくわかるし、確かに傑作にちがいない。

もちろん、ドストエフスキイのやさしさ、ユーモアなどまで含めて、この複雑な人格を一枚の肖像画に昇華させることは、至難の業というより不可能に近い。でも私は、彼の、大好きだと夫人が言う、輝くときがあるはずの本当の眼に会いたいのだ。その点、この絵が気に入っているとは言いがたい。欲をいえばペロフにもう一枚描いてもらいたかった。この作品にあまり魅力を感じなかったせいだろうか、ドストエフスキイと同時期に制作されたマイコフの肖像が存在することを知らずにいた。

そのマイコフの肖像は、端のまくれたよれよれの三冊の詩作ノートらしきものを両手にまとめ持ち、右手の人差し指をその中程にはさんでいる。薬指には金の結婚指輪――ドストエフスキイも同じだろう。開きかげんの口元は、親しい友に、指をはさんだページを朗読し終わったばかりで、「どうだろう?」と期待をこめて相手の反応を待っているかのようだ。あるいは相手の言葉に眼を輝かした表情だろうか。その相手は、微笑みを浮かべたドストエフスキイであってほしい。

だが、この二作品はもちろん対になっているわけではない。ペロフはそんな描き方はしていない。彼のドストエフスキイはあくまでも自分独りの世界に閉じこもっている。

初め、マイコフの眼にひきよせられたとき、隣にペロフのドストエフスキイはいないにもかかわらず、マイコフの眼がドストエフスキイに対し「どうしたんだい?きみ」と、心配そうに問いかけているように感じた。黒い瞳の印象はそれであった。

この絵は私のイメージを裏切らなかった。現実にこんないい人がいるだろうかと疑ってみても、やはり疑いようのないこの人を眼の前にして私はうろたえた。「貴方を尊敬しています」「貴方に感謝しています」「ありがとう」と、ただ目茶苦茶に口の中でくりかえした。

印象的な秀でた額と澄み切った眼に圧倒され、私はかなり長い間マイコフの肖像画の近くにとどまっていた。決して邪魔をしていたわけではないのに、入場者の誰もがほとんどこの絵の前を素通りして行く。たとえ「マイコフって誰?」であってもいい、この絵から何かを感じとってほしかった。

すでに七年が過ぎた。色については正確には思い出せない。カタログでのマイコフの服は、真っ黒な髪にくらべると羊羹色じみた黒で、光が当たった部分は緑がかっている。背景は、陰になって黒ずんではいるけれど、赤のようだ。私の記憶の中の色彩は全体にもう少し明るくて、マイコフも髯こそ白いが彼の親友よりずっと若々しかった。

V・G・ペロフは移動美術展協会創始者の一人。マイコフの肖像についての解説（エーラ・パストン、トレチャコフ美術館上級学芸員）をカタログから引いてみる。

肖像画家としてのペロフは一八六〇年代末から一八七〇年代初頭にかけて頭角を現わした。彼が七〇年代に制作した先進的ロシアの知識人の肖像画は、移動美術展の誇りであった。彼の肖像画の最高傑作は七〇年代初頭に描かれ、「詩人A・N・マイコフの肖像」もこの時期に作られた。本作品には肖像画家ペロフの特徴が明確に現れている。彼はほぼ実録的な正確さでモデルの顔や容姿のあらゆる特徴を描き上げながら、モデルの内面的葛藤や心の動きに全神経を集中させ、詩人の創造的知性を強調した。ペロフはドストエフスキイの有名な肖像画と同じ時期にこのマイコフの肖像画も手がけた。これら二つの肖像画の注文主P・M・トレチャコフに宛てた手紙に、ペロフは次のように書いている――「これらの肖像画がどう描けたか、つまり良い作品かどうかはわかりませんが、二つの作品にはいわゆる肖像画的なものがまったく無いことは事実です。これらの作品には作家と詩人の性格さえも表現されているように思います」。

ペロフはこの手紙の中で、モデルの描写においてはいかなる紋切型の技法も用いなかったことを述べている。(新田喜代美・鴨川和子訳)

ドストエフスキイと一緒にマイコフの肖像画を注文したトレチャコフの炯眼にも敬服する。この展覧会の中にはドストエフスキイの小説の世界があふれていた。ペロフの社会風刺画《モスクワ近郊ムィティシチの喫茶》、《溺死した女》など、ドストエフスキイの小説の一場面を見るようだ。そのほか、展示作品全体が当時のロシアを凝縮して我々に示してくれた。マイコフとペロフだけでなく、なによりもトレチャコフに感謝しなければならない。

十九世紀のロシアの雰囲気にひたったあと、再びマイコフの絵の前に戻り、もう会えないかもしれないという感傷的な気分におそわれながら、マイコフの眼に送られてその部屋を出た。

(二〇〇〇年四月)

付2　《囚人の休憩》〔図30〕

ドストエフスキイの美術批評の例として、私は本書II—5で「休止する囚人隊」という絵について触れている(初出は一九九一年SPAZIO)。特に有名でもないその作品にお目にかかることなどあり得ないと思っていた。ところが一九九三年、マイコフの肖像に出会った同じ「トレチャコフ美術館展」で、あり得ないはずのことが起きてしまった。その絵が《囚人の休憩》という題名で展示されていたのだ。

九一年の時点で、皮肉たっぷりなドストエフスキイの批評をたよりに、どんな絵か想像はしてみたが、画家の名や題名は忘れたも同然だった。そ

〔図30〕　ワレーリイ・イワノヴィチ・ヤコビ《囚人の休憩》
1861年　モスクワ、トレチャコフ美術館　油彩　カンヴァス　98.6×143.5cm

のため、せっかく実物の前に立ちながら、すぐには問題の作品と気付かず、特に感銘も受けなかった。立ち去ろうとした時、タイトルの「囚人」という語とヤコビという名前が妙にひっかかった。気をとりなおし細部に注目してみると、ドストエフスキイが、悪い例としてではあるが、微に入り細をうがって紹介した内容に似ている。この絵のことだったのか、そう確信するまでに少々時間を要した。

ドストエフスキイの絵の見方、詳細な観察の参考にもなるので、長すぎるとは思うけれど、『一八六〇～一八六一年度の美術アカデミー展覧会』という評論から以下に引用させていただく。ヤコビ作の《囚人の休憩》についてである。

休止する囚人隊。休止は、荷馬車が一台こわれたので、余儀なくされたものである。車輪が轂《こしき》を上にして一つころがっている。ひどく破れたカフタンを着た百姓が馬を荷車からはずしている。荷車の上には一人の男が横たわっている。その男の旅は終ったのである、つまり、彼は死んでいるのだが、足にはまだ足枷《あしかせ》がはめられている。彼の死体はまだ囚人なのであって、すっかり土の中へはいった時に初めて彼は護送中の囚人ではなくなるのである。指にはめている宝石入りの指輪からみて、これはあまり普通の囚人でないことは明らかである。彼が浮浪者や、人殺し、あるいは盗人でなかったことは明瞭である。死体は古いむしろに半分おおわれて荷車に横たわっている。死人の左手は死人特有の青白い色をして、たれ下がっている。指は死ぬ時に曲がったままの状態である。一本の指に高価な宝石入りの指輪がはまっている。これは死んだ故人にとって最も貴重であったものの最後のシンボルなのかも知れない。これは愛する女性の心をこめた贈物、親友の形見かも知れない。彼は最後まで、足枷をはめられてさえも、それを手放さなかったのだ。

こわれた荷馬車の下に別の囚人がもぐり込んでいる。これは見るからにいやらしい顔をしていて、社会が嫌悪の念をもってその圏外へ抛り出した手のつけられない悪者の一人である。その荷車の下で、実に不自然な格好に体を曲げて、というのはそこは狭くて、具合がわるいからだが、彼は死人の指から高価な指輪を抜きとろうとしている。その悪人はぼろぼろの身なりをしていて、忌まわしい、それと同時に危険な蛇蝎《だかつ》とそっくりな印象を見る者に与える。

同じ荷馬車のそばに囚人護送隊の将校が一人立っている。彼は片手で死人の目を開けている。それはその死を確認するためだろう。開けられている死人の大きな目は瞳孔《どうこう》が下に向いている。将校はきわめて平然とパイプをくゆらしながら、光の消えた目を平気で見ている、そして彼の冷酷な顔にはまるで何の表情もない——関心も、同情も、驚きも、まったく何もない、まるで死んだ猫か道ばたのせきれいでも見ているようである。彼はただついでに目を覗《のぞ》いて見た死人によりもはるかに多くパイプに気をとられているほどである。この男の同僚の中にはこういう人物がきわめて多いのである。それはそのはずである。これらの人物は一生のあいだもっぱら囚人隊を護送しているのであって、これらの不幸な囚人たちを見あきるほど見てきたし、囚人の苦しみ、病気を見慣れ、囚人のあいだにたいがいはわるい人間を見ることに慣れているのである。彼らの職業が彼らの感受性を鈍らせているのである。だから彼らは時とするとパイプの煙草を詰めるのと同じように平然と囚人をなぐるのである。

絵の前景の左側に、ぼろ服の囚人が一人、まわりで起っていることにはまるで注意を払わず、自分のすることだけに気をとられている――彼は足枷が擦れてできた足の傷を点検しているのである。おそらくさまざまな監獄で長い年月をすごしてきたし、何回かは何千露里も離れた監獄から監獄へ移送されたこともあるであろうこの男の無感覚な顔には、この種の人間にかなり共通している刻印――世の中の何事に対してもまったく無関心であるという刻印――がついている。天気にも、四季にも、友達が拷問されるのにも、自分自身の苦しみにも無関心なのである。ほかならぬこの物に感じない無関心な表情で彼は自分の傷を眺めている、だから蓬髪《ほうはつ》に半ばおおわれた彼のごつい顔には、何の表情も見出すことはできないのである。

さらに、この絵にはほかに第二義的な人物がたくさんいる――子供をつれた女、ほかの囚人たち、馬、百姓、馬車等であるが、これらはすべて背景になっている。絵は驚くべきほど正確である。自然を、いわば、ただ外側だけから見るならば、自然においても、すべてはたしかに画家がこの絵に描いたと同じである。観衆は実際、ヤコービ氏の絵に本当の囚人を見るのである。それは、例えば、鏡の中か、それともあとからきわめて上手に着色した写真で見た場合と同じである。しかし、実はこれこそが芸術の不在にほかならないのである。写真と鏡に写る映像は、けっしてまだ芸術作品ではないのである。もしそれらのいずれもが芸術作品であるとするならば、われわれは写真とよい鏡だけで満足するはずであり、美術アカデミーそのものも巨大な無用の長物となるはずである。（新潮社版ドストエフスキー全集25、三五九〜三六〇ページ）

このあとアカデミー批判が始まる。指輪に関しては、まだ続きがある。取り上げた他の作品についても、それぞれ題名、作者名をあげ、良しとする作品も数点あるが大方は一言で片付け、残り十数点は芸術性なしとして、選ぶ側のアカデミーを徹底的にこきおろす。なぜ大量の金、銀メダルが与えられるのかというわけである。

《囚人の休憩》を一瞥して「あの絵だ!」と解らなかった理由は——題名の和訳が異なるせいもあるが——たぶん、執拗に繰り返される「高価な宝石入りの指輪」や「指輪を抜きとろうとしている男」などが、実際には探すのに苦労するくらいにしか描かれていなかったからだろう。消えかかった私の記憶の中では、指輪と悪者のイメージばかりがふくらんでいたらしい。しかし、「ドストエフスキイは指輪に敏感だった」と考えている私としては、彼がこの絵に接したとき、まず第一に、ほとんど気付かれないような「指輪とそれを狙う男」に注目したのではないかと想像している。

この評論は無署名で『時代』誌一八六一年九月号に発表された。グロスマンとシュリツがドストエフスキイの流刑地生活体験から彼の作と判定しているが、論拠が決定的でないとして別人説もある(前掲書解題より)。

ドストエフスキイはシベリアで長期の監獄生活を余儀なくされた。足枷も、護送も、何もかも経験ずみである。思想犯でない一般囚人のことも知りつくしている。ヤコビの《囚人の休憩》は批評の題材としていちばん取り上げやすかっただろう。フセヴォロド・ソロヴィヨフに「ああ、あなたを徒刑に送ってやればどんなにいいことか!」「ほんとうに、徒刑生活があなたにとってはいちばんいいことですよ」(『ドストエフスキー　同時代人の回想』三四三ページ)と勧めて、若い友人を困らせている。私としては、指輪への執着も含めて、この評論をドストエフスキイのものと信じている。ドストエフスキイにほめられた作品は少ないが、肖像画を描いてくれたペロフについては別格である。その点も評論が彼の作とする根拠にならないだろうか。

本物の風俗画家は、これは冗談ではなく、シーリデル氏とペローフ氏である。シーリデル氏は『債権者への支払い』という絵でアカデミー会員と認められたのであるし、ペローフ氏は『村の説教』で第一位の金メダルを獲得した。

＜……＞（同三七六ページ）

ペローフ氏の『村の説教』には魅力に満ちた素朴さがある。ここではほとんどすべてが真実である、真の才能にのみ与えられるあの芸術的真実である――男女の百姓たちも、居眠りしている地主も、晴れ渡った空も、十字行《じゅうじこう》も、子供たちも。（同三七七ページ）

評論の中で彼は「写真的真実ではなく芸術的真実を」とくりかえし主張する。最初の長い引用に続く部分を以下に掲げる。

ちがうのである、画家が要求されるのはそれではない、写真的正確さではない、機械的精密さではない、何かほかのもの、もっと大きく、広く、深いものである。精密さと正確さは必要である、基本的に欠くべからざるものであるが、それだけではあまりにも足りないのである。精密と正確はさしあたりまだ材料にすぎないのであって、それから芸術作品が創り出されるのである。これは創造の用具である。鏡の映像では、鏡が対象をどう見ているか、ということがわからない、つまり、もっとはっきり言えば、鏡はどうとも見ておらず、受動的に、機械的に反映しているのだということがわかる。真の芸術家はそういうことはできないのである――絵であろうが、短編小説であろうが、音楽作品であろうが、必ず芸術家本人がそこに見えるのである。彼はその気はなくても、意志に反してさえも反映する、そのすべての見解、性格、その精神的発達の段階をそっくりあらわすものである。〈……〉観衆は画家が自然を、写真機のレンズが見るようにではなく、人間が見るように見ることを画家に要求する権利があるのである。昔だったら、画家は肉眼と、そのほかに、魂の目、すなわち心眼をもって見なければならぬ、と言ったことだろう。だから画家は「不幸な」囚人たちの中に人間を見るべきであり、そしてわれわれにもそれを教えるべきなのだ。〈……〉(前掲書三六〇〜三六一ページ)

本書Ⅳ―8で、私はムィシキン公爵がアデライーダに与えた絵のテーマについて触れている。ドストエフスキイの経験そのものともいえる「死刑の話」のあと、さらに公爵はリヨンで死刑を見たという。「殺されるちょうど一分前」「その顔を一目見て、何もかもがわかってしまいました」「それを絵に描いてもらいたくてもらいたくてたまらないんですよ!」「でも、その絵の中には、以前にあったことを何もかも残らずあらわしていなくちゃいけないんです」。(第一編5より)

〈……〉十字架と首、これが絵のテーマです。神父の顔、首斬人、二人の助手、それから下のほうに見えるいくつかの頭や眼は、まるで霧の中にでもあるようにバックのほうにぼんやりと描いたらいいでしょう。〈……〉（第一編5）

「まるで霧の中……」云々のところで、私はラファエッロの≪システィーナの聖母≫のバックを想起させられた。

真の芸術作品である絵は何もかもあらわしていなくてはいけない、とドストエフスキイは言う。すぐれた絵画は、その背後に長大なストーリイを背負っていて、ドストエフスキイの感性は、その絵からすぐれた長編小説を導き出すことができるのであろう。彼がヤコビ氏の作品から得たものはただ苛立ちだけだった。私のような普通の人間にも感動を与えることはなかったのである。

（二〇〇〇年七月）

付3　埴谷さんのこと

ハンガリー産のトカイ・ワイン3プットを買ってみたことがある。「3プット」は貴腐ぶどうが三籠入っている甘口の白ワインで、最高に甘いのは5プットだそうだ。3でも相当に甘いだろうとは想像していたけれど、一本かたづけるのに一ヵ月以上かかった。一本でお終いにしてラベルだけ残してある。トカイ・アスー、3プットノスと読むらしいのだが、ハンガリー語などお目にかかるのも初めてで、本当のところは判らない。日本では雑多なカタカナ表記が独り歩きするから、自分が使おうとすると苦しみ悩む。

これを毎日何十年も飲み続けたらどうなるだろう。普通なら糖尿病になるか、歯を悪くしそうだが、長生きもできるらしい。

自宅での埴谷さんの写真で、傍らにテーブルが写っていれば、そこにトカイの壜とグラスが置かれている。好物がトカイと水、もちろん活字にも頻繁に現れる。このワインの名を知ったのも、埴谷さんの随筆や対話集の中であった。

独房時代の埴谷さんは、砂糖を一斤ずつ買って、それを足の間に置き、つまみながらの読書三昧だったという。領収書が砂糖ばかりなので母上に呆れられたとか。右手でページをめくり、左手で砂糖をなめるとして、どちらの動きが早いだろうか。いずれにせよ本がべたつきそうだ。

家ではトカイ、外ではビール、甘党か辛党かちょっと判断がつかないが、その後の埴谷さんにとって、トカイは食事がわり、深夜・妄想・トカイという三位一体のエネルギー源であり続けたようだ。毎夜ひと罎、昼間も来客中に傾けるので、一日一本半ぐらい。美食＋アルコールで命を縮める人が多いのに、非凡人たる埴谷さんは生涯見事に百薬の長を悦しまれた。

私がドストエフスキイを初めて読んだのは一九八六年と非常に遅い。その二年後に埴谷さんのお名前を知った。ドストエフスキイについての論文作成中だった。分厚い『埴谷雄高ドストエフスキイ全論集』を近くの図書館で見つけたが、その時はめくるだけで諦めた。余裕がなかった。

八九年、論文を小冊子（『白痴』における「緑」の持つ意味――ドストエフスキイとラファエロ）にまとめたところ、「ドストエーフスキイの会」からお誘いを受けた。送られた会報に、同会発足二十周年記念講演の要旨が載っていた。「ドストエフスキイ後の作家の姿勢」と題する埴谷さんの講演であった。広い視野、奥の深いドストエフスキイ理解に驚くとともに、それまで埴谷さんを読んでいない自分を恥じた。

小冊子を埴谷さんにお送りしたところ、思いがけず次のようなお葉書を頂戴した。


ドストエフスキイ論の細かな問題にはいってゆくのはロシア語のできる人々にかざる、といったことを私は述べていますが、あなたにいただいた『白痴』における「緑」の持つ意味、はその一例証です。『白痴』は私が一番はじめに読んだので、特に印象深い本で、ナスターシャ・フィリッポヴナを私は女性代表としていますが、あなたが示したこれほど多くの緑には気づきませんでした。ただパヴロフスクの公園の樹々のあいだのナスターシャは忘れられません。

二・二一　　埴谷雄高（一九九〇年二月二十一日付）

うれしかった。でもそのあとが問題で、お礼状の文面が出てこない。埴谷さんの本を読んでいないことが災いして書けなくなってしまった。書けないままに日が経ち、むしろこのままにして、お煩わせしないほうがいいと考えるようになった。三年後にお詫びすることができたけれど、この失礼は長く私を苦しめた。

その間に読みたかったが相変わらず余裕がない。前記論文を軸にして、SPAZIO誌（日本オリベッティ社）に新しくエッセイ風に書くことになり、四回の連載を終えたのが一九九二年末、本書の前身である。

SPAZIO四冊はかさばるので、お邪魔にならないよう翌年二月コピーをお送りした。ご感想をいただきっぱなしの私のことなどお忘れになったに違いない。そのまま屑籠に入っても当然だ。お詫びとお礼の言葉を封書にして添えることが主眼だった。遅ればせながら礼儀だけは尽くしたかった。

その後、SPAZIOを経て、私の許にお葉書が届いた。

私はどんどんボケて、あなたからいただいた封書をなくし、住所が解らぬので、Ｓｐａｚｉｏ気付で、これを出します。

ドストエフスキイの世界は掘れば掘るほど深いので、これまでもまことに多くの角度から探索されていますが、あなたの白痴論の緑は、これまで、黄色が屡々触れられてきたのに較べると、殆んどなかったことでしょう。私はヴァティカンのラファエロの聖母を眺めましたが、「色」について注意してはみず、緑はあなたに教えられたのでした。私達の誰もが「白痴」で気づく緑はアグラーヤが指定した緑のベンチとあのパヴローフスクの公園の木立ですが、あなたに教わると、ほんとうに多くの「緑」が『白痴』の諸所にでてきますね。どうぞ健筆で。

三・九　　埴谷雄高（一九九三年三月九日付）

なんとお優しい方だろう。普通なら住所がわからなくなった相手になど無理して返事は出さない。ましてや何の義理もない、三年も礼を失していたような者に。申し訳なくて胸が熱くなった。ご高齢で眼もお悪いであろうのに。大切なお仕事（『死霊』の続編）を抱え、お体のことはもちろん、独り暮らしの不自由を忍んでいらっしゃる身で、貴重なお時間を割いて下さった。何よりも出版社気付にしてまでご感想を送って下さったことに感激した。

なんと謙虚な方だろう。「教えられた」とか「教わる」とかいう言葉を使われている。穴に入りたい気持ちで「賢者は学ぶことを好み、愚者は教えることを好む」というロシアの諺をかみしめた。

封書がなくなっても中身はご覧になったと思う。息の長い、心の広い埴谷さんにとって、三年後のお詫びとお礼は異常ではなく、お笑いの部類かもしれない。そう考えることにして、お礼状を葉書で出した。封書は丁寧なだけで邪魔なものだ。葉書が一番いい。

早速、作品を読み始めた。最初に手に取ったのが『欧州紀行』で、埴谷さんの人柄がよく解り、おもしろかった。自伝的エッセイの入った作品集から論集、対談、そして『死霊』までを続けて読んだ。

『死霊』はさておき、座談の名手といわれる埴谷さんの受け答えには恐れ入る。脳細胞の一つ一つがフロッピーディスクで、過去に読んだり見聞きしたものは全てその中に収まっているかのよう。それらが混線することなく昇華されて出てくる。ものすごく難しいことも非常に分かりやすい話に変わる。途方もないスケールの大きさと詳細で正確な記憶力、しかもあたたかくてユーモアがある。読めば読むほど人間的魅力にとりつかれる。作家で宇宙人、思想家で庶民、何よりドストエフスキイの真の後継者だと思った。私はドストエフスキイに目覚めたのと同じ速度で埴谷さんに引きつけられた。

読み進むにつれ、この方にお眼にかかりたいという大それた考えが頭をもたげてきた。この方の眼はきっと美しいに違いない、その眼に会いたいという気持ちがつのってきた。お歳を考えれば無理とわかっていても、宇宙の果てを夢見る瞳、人類を含めた生物・無生物・霊的なものをいとおしむ心の窓はまだ開かれている。ちょっと拝ませてほしい。そんな一方的で迷惑な願いがいつまでもくすぶっていて、封じ込めるのにくたびれた。

思い過ごしかもしれないけれど、自分の論文は埴谷雄高の存在を知らずに書かれているのに、当然読んでから書いたかのように少なくとも自分には見える不思議、それをお伝えしたい。でもそんなこと埴谷さんにはどうでもいいはず、お邪魔をしてはいけないのだ。人を拒まない、突然の訪問者も受け入れる方という印象は本のなか、もっとお若いときのことではないか、と自分を抑えていた。

ある時、「なぜ訪ねて行かないの、私なら行く」とそそのかす人がいた。「突然なんてとんでもない、お伺いを立ててよいかの問題」と恐れをなしたものの、『死霊』の第八章を読み終わった段階で、葉書を書いた。埴谷さんには無視する自由があるのだから。

ところが、お返事をいただいた。

私は腰椎がつぶれ足が麻痺、うまく歩けなくなると同時に頭も働かず、「死霊」も中断したままです。

気分だけ元気に保っているつもりでも、老化は避けられません。いまのところはお會いする時間はありませんけれど、今年の夏、少しでもよくなれば、また連絡致しましょう。

七・一九　　埴谷雄高（一九九三年七月十九日付）

申し訳なかった。放っておくことが返事になるはず、など考えるのは間違いだった。依頼を受けたら回答するのが誠実な人間の態度だったのに。埴谷さんは近況を知らせることでお断りになったのであろう。でも、どこかおかしい。いくら気さくで律儀でお優しい方でも、最後の「また連絡致しましょう」の真意がつかめない。7月中旬は既に夏、寒がりの埴谷さんには夏はこれからかもしれないけれど、このまま素直に待つべきだろうか。

外国人なら本気にしてしまうような、相手を傷つけない配慮に満ちた曖昧表現、言い換えれば、はっきり拒否せずに実現不可能な可能性を残す日本人的口約束――それに類した言い回しを、埴谷さんがお使いになるとは思えない。一番お嫌いなはずだ。もっとも「常に嫌な顔しない」方、という辻邦生氏の証言もあるから凡人は混乱する。

どうしたものか、本気で待ったりはしないが忘れ去るわけにもいかなかった。自ら招いたとはいえ、何とも落ち着かない試練の日々を過ごすうち、早く埴谷さんにお詫びしなくてはと、あせり始めた。このお返事は、元気なら会ってもいいのですよ、という意味に解すべきなのではないか。問題はご体調と時間、もう十年早ければ、お眼にかかれたかもしれない。

言われた通りお待ちして夏が過ぎた以上、「申し訳ありませんでした」と退き下がるのがお願いした者の責任だ。もしも「連絡」という文字が埴谷さんの頭の片隅にほんの少しでも引っ掛かっていたら、さぞうっとうしいに違いない。急いで取り除いて差し上げる義務がある。

勝手ながら書面でお眼にかからせていただくことにした。ご迷惑を謝し、自己紹介をして、ご健康と『死霊』の進捗をお祈りし、礼を述べて退出する形にした。葉書をお書きにならないですむよう気を遣ったつもりである。やっと肩の荷が下りた。

その年も暮れ、年賀状を書いた。賀状ならばこちらの礼儀だけは保てるし、返事をくださるはずもない。にもかかわらず、

賀正　１９９４
うまく歩けませんが、
なんとかしのいでゆく
つもりです。あなたは
お元気で仕事なさるように。

と、手書きで書かれた賀状をいただいた。お年玉葉書に「賀正　１９９４」とお所お名前だけ印刷されてあった。八十四歳の埴谷さんが、少なからず届くであろう年賀状に対して、（恐らく誰にでも）手書きで一言添えた返事をお出しになるのかと驚いた。宛先ももちろんご自身の手である。さぞ大変であろうと想像した。ただ「仕事」が何を意味するか、私は早速うろたえた。埴谷さんのお言葉は難解である。

残念ながら九五年の賀状はない。母を亡くしたので喪中の挨拶状をお出ししたからである。

この年、「死霊」第九章「《虚体》論　大宇宙の夢」が「群像」十一月号に発表され、私は密かに胸をなでおろした。新聞に載ったインタビューも写真も、想像よりお元気そうに見えるのがうれしかった。そして第九章を読み、年賀状を書いた。

いただいたお返事の賀状は、普通葉書にすべて手書きであった。

新春

今年は八十六歳、自分で自分の記録を

「つくり」、そして、自分でまた自分を「破って」

います。どれだけ続きますか。

武蔵野市吉祥寺南町二―十四―五

平成八年一月　埴谷雄高

（一九九六年一月十五日の消印）

「新春」の文字が特に大きく書かれ、第九章上梓への安堵と喜びがうかがえるようであった。普通葉書という点がいささか気になったけれど、年賀葉書が切れたのかも、と万事良いほうに考えようとした。いま思えば、第九章を出された年を区切りに、年賀をおやめになったのであろう。私にとって、この賀状が最後になった。

亡くなられたのは、一九九七年二月十九日（水）。八十七歳だった。

その日、私は人と約束があり、午前十時四十五分に家を出た。文筆と出版業を見事に両立させている方の、新しい仕事場を拝見しに出かけたのである。なぜか時間を記憶していた。珍しくそのとき埴谷さんの葉書のコピーを持参して、あれこれ話をしている。

帰宅して夕刊を見たとき、何か細い金属の線が頭から足先までスッと通って行く感覚におそわれた。紙面には「十九日午前十時四十五分、自宅で」とあった。私がドアに鍵をかけて何の気なしに腕時計を見た瞬間、埴谷さんは、仮の家をあとにして、生れ故郷のアンドロメダへ向かわれたのだ。

二月二十四日、新宿の大宗寺でお別れ会があった。

埴谷さんはもういない。お会いできなかったけれど、どうしてもお礼を言わなければ。昼はにこにこ、淡々としてしゃべり続け、夜は闇の中で、深い思索の世界に没入する、二度と現れない希有な存在――この大きな存在が我々と同じ人類の一員でいてくださったことに、リレイのバトンがどのようなものか知ることもできない私は、ただ深く感謝するのみである。

会場へ早く着きすぎ、境内を歩いてみると、この寺はその昔「内藤新宿のお閻魔さん」として親しまれ、江戸庶民の信仰をあつめ、縁日が出て賑わったとある。最寄り駅から二、三分のわかりやすい場所を選ばれたのは、ご遺族、ご友人、それともご自身か、などと思いめぐらした。

大階段の上の会場入口で寒風を避けているうちに、いつのまにか長蛇の列、やがて招じ入れられた部屋は、簡素にしつらえられていた。正面にお写真、両側に白い花、その前に安置された柩は開かれていた。クラシック音楽が流れるなか、白いカーネーションを持ち、二人ずつ並んで献花する。

誰もが身内のように柩の中に花を入れさせていただけるとは……　亡くなられて既に五日目、密葬後のお別れ会とばかり思っていたので、息を呑んだ。偶然早く来すぎた私は、お顔のそばに心をこめて花を捧げることができた。おだやかなお顔は、こちらの心も安らかにさせる。地味な鼠がかった茶色の和服を召された埴谷さんは、眼を閉じているだけで、しみもしわもない透き通るような肌をしておられた。わずか一分ぐらいではあったが、やはり埴谷さんは会ってくださった。「連絡」も新聞の記事を通して受けた。わずかな、約束ともいえない約束を忘れることなく、結局はこういう形で果たしてくださったのだ。

去りがたく片隅にたたずむうち、これはきっと埴谷さんの遺志であり、来てくれた人々に対面してさようならを言うためだ、という確信に近いものが湧いてきた。

黙礼して出口に向かうと、細く曲がりくねった通路の先に畳敷きの大広間があり、「ひとくち上がって行って下さい」と係の人に導かれた。すでにかなりの席が埋まっていた。どぎまぎしながら後ろのほうへ回り、飲食物の並んだ長いテーブルの前の座布団に座った。すぐさまお運びさんが箸と皿を置き「飲物は何を？ ビールでよろしいですか」と訊く。埴谷さんはビールだったと思い出しコップを受け取る。周囲はざわざわして、右側のおばさんは私を詰めさせ隣へ知人を呼び込むし、その先では子供が黙々と口を動かしている。床の間のほうで司会役の出版社の人が「来年、全集が出ます」など言う。

先程とは打って変わった雰囲気に仰天したものの、これはかつての埴谷さんの昼の世界といえなくもない。前方の椅子に小さく見える友人作家がたの話が始まると、ぜひ聞いて帰りたいと思った。最初の本多秋五氏からは、遠くて聞き取りにくいなかで、「埴谷君は、葬式はやらないが、お通夜にはビールと鮨を出してほしいと言っていた」とのご発言があった。私はビールを一口飲みこんで、眼の前の鮨を皿に取り分けた。

次に小田切秀雄氏が『死霊』について、三番目に中村真一郎氏が「あさって会」の七人について語られた。中村氏は「埴谷さんは座持ちが上手くて、ひょいといなくなったり、タイミングよく現れたりして、丸くおさめる。美人を連れて戻ってきたりした」などと気持ちのほぐれる話をされた。

前方には男性が多く、飲み会の様相も呈してきたし、座れない人たちが襖や廊下の辺りにあふれていたので外へ出た。寺門ちかく巨大な銅造地蔵尊の前で振り返ると、先程お花を捧げた部屋の入口に、まだ明かりが見え、入って行く人がいる。こんなに遅くまで柩は開かれたままなのだろうか。

五日前、時空を超えてアンドロメダに到着した死霊の埴谷さんは、訪れる人々をいつまでも優しく迎える地上の分身を、無限のかなたからじっと静かに見下ろしているのであろう。

（二〇〇一年二月）

あとがき

本書の出発点は、放送大学（第一回）の卒業論文である。これを小冊子（89年）にまとめたところ、木下豊房先生（千葉大教授、『アンナの日記』の訳者）から、ご自身が主宰する「ドストエーフスキイの会」の例会で話をしてほしい、と招かれた（90年）。

それがきっかけで、『SPAZIO』誌（イタリア関連の論文・エッセイが主）に、この論文をややエッセイ風に書くことになった。当初は一回完結ということで、何度書き直してもページ数が足りず困惑したが、編集人である鈴木敏恵さんの行き届いたご配慮により、図版も入り四回に分けて連載（91〜92年）された。おかげで最初の論文では書き足りなかった部分を補い、かつ型にとらわれずに書くことができ、大変感謝している。

本書は、この『SPAZIO』所収稿が、十年の空白を経て、未來社のご好意により日の目を見ることになったものである。

初めて『白痴』を読んだ時（86年）以来、発想の柱となった「緑色のカーテン」を書名として選ぶことにした。数えれば今年で十五年目である。せっかちなくせにのんびりしているため、未來社には二年半もの間ご迷惑をおかけしたにもかかわらず、温かく見守ってくださった。今年はドストエフスキイ生誕百八十年、没後百二十年、二十一世紀最初の年でもあり、尊敬する埴谷さんのお好きな出版社から上梓することができて幸せに思う。

すでに諸先生がたの評価をいただいた原稿をあまりいじりたくはなかったので、本書は『SPAZIO』所収稿を加筆訂正するにとどめ、ドストエフスキイやロシア文学に馴染みの薄い方にもわかりやすいよう、蛇足ともとれる注をつけた。併せて「付」として、三篇を書き下ろした。

「改めて一本になる日をお待ちしております」とのお便りを下さった小沼文彦先生も亡くなられ、埴谷さんも逝かれた。自分だっていつどうなるかわからない。私の原稿にすぐ反応して、最初から長いあいだ親身にお世話して下さった未來社の石田百合さんには、言い尽くせない感謝の念を捧げたい。何の義理もない人間に対する親切、ドストエフスキイの理想のかたちを見せていただいた。

本書の末尾に私はあえて結論を入れず、『白痴』の結尾文を引用した。読者に考えてもらいたいと願ったであろうドストエフスキイの気持ちに成り代わったつもりである。

私にも常々考えていることがある。人間にとって一番大切なものは「愛」であり、その対極にあるものは「欲」ではないか、と。「愛」が地球を救い「欲」が地球を破壊する。

ドストエフスキイは『白痴』の中で、「大切なものは愛だ」と言ってくれているように思う。彼は常に若い人々、女性、そして子供たちのことを心配していた。『白痴』の中の出来事も、すぐれて今日的で、普遍的である。

私は若いときから「ロシア的なもの」（自然、文化）が好きだったのに、なぜかドストエフスキイを読むのが遅かった。恐らく長編が苦手だったからだろう。でもドストエフスキイを知ってからは長編が苦にならなくなった。まだ『白痴』を読まれていない方はこの機会にぜひ、そしてドストエフスキイの他作品も読んでいただきたいと心から願う。第一、面白いのだ。

最後に、トーマス・マンのドストエフスキイ評を『ドストエフスキー　写真と記録』より引用させていただく。好きな作家の一人であるマンが、私の言いたいことをずばりと言ってくれたからだ。

この人の生涯ほど、我々の持っている伝記的常識を混乱させるものは他にあるまい。この人は全身これ神経の固まりだった。ぶるぶる震えていて、絶えずけいれんに襲われるのだ。彼の感覚鋭敏なことは、まるで皮膚がはぎ取られて、空気に触れることまでが激痛を与えるといったほどだ……にもかかわらず、この人は六十歳まで生きた……そして四十年にわたる文学活動で、無数の人物の住む、かつて見たことも聞いたこともない新奇と大胆さに満ちた詩的世界を創造した。この世界には巨大な情念が荒れ狂っている。この世界は、人間についての我々の知識の限界を押し広げるような、「限界を越える」思想と心情の激発によって偉大であるが、偉大であるばかりでなく、そこには、挑発的ないたずらや、ファンタスチックなおかしさや、「愉快な気分」も活き活きと湧き起こっている。というのは、この磔《はりつけ》にされた殉教者のような男は、諸々の性質に加えて、驚嘆に値するユーモリストでもあったからである……

『罪と罰』『白痴』『悪鬼ども』『カラマーゾフの兄弟』といった、ドストエフスキーの建てた叙事詩の記念碑群は（もっとも、これらは叙事詩的作品というよりは、演劇の法則に従って作られた壮大なドラマなのである。このドラマでは、舞台の上の動きが人間の心の最も暗い深部をあらわにしたり、出来事が僅か数日の間に展開することもしばしばあって、それらが、超現実的な熱狂的な対話の中で進行するのである）——これらの作品は、病気の笞に打たれるばかりか、情容赦のない借金取りの万力《まんりき》にもかけられ、屈辱的な金欠病に追いたてられて異常なスピードで書かされ続けた、そういう人によって生み出されたものなのである……

トーマス・マン　一九四六年　（中村健之介訳）

二〇〇一年五月十九日

冨岡　道子

参考文献

〔ドストエフスキイ関連〕
Ф. М. Достоевский, Полное собрание сочинений в тридцати томах, т. 8, 《Идиот》Наука, Ленинград, 1973.
А. Г. Достоевская《Воспоминания》Правда, Москва. 1987.
新潮社版『ドストエフスキー全集』1978～1980。
河出書房新社版『ドストエーフスキイ全集』米川正夫訳、1969～1971。
筑摩書房版『ドストエフスキー全集』小沼文彦訳、1962～1991。
アンナ・ドストエーフスカヤ『ドストエーフスキイ夫人アンナの日記』木下豊房訳、河出書房新社、1966。
代表編者V. ネチャーエワ『ドストエフスキー　写真と記録』中村健之介編訳、論創社、1986。
ドリーニン編『ドストエフスキー　同時代人の回想』水野忠夫訳、河出書房新社、1966。
L.グロスマン『ドストエフスキイ』北垣信行訳、筑摩書房、1966。
『アカデミー版ドストイェーフスキー』植野修司訳、雄渾社、1967。

アンナ・ドストエフスカヤ『回想のドストエフスキー』上・下、松下裕訳、筑摩書房、1973～74。
R.ヒングリー『19世紀ロシアの作家と社会』川端香男里訳、中公文庫、1984。
J.ラヴリン『ドストエフスキー』平田次三郎訳、理想社、1983。
M.バフチン『ドストエフスキイ論』新谷敬三郎訳、冬樹社、1974。
ウラジーミル・ナボコフ『ロシア文学講義』小笠原豊樹訳、TBSブリタニカ、1982。

ボリース・ブールソフ『ドストエフスキイの個性』上・下、黒田辰男・阿部軍治訳、理想社、1971～72。
E.H.カー『ドストエフスキー』松村達雄訳、筑摩書房、1968。
B.A.ギリャロフスキー『帝政末期のモスクワ』村手義治訳、中央公論社、1985。
ルネ・ジラール『ドストエフスキー』鈴木晶訳、法政大学出版局、1986。

ウォルインスキイ『ドストエフスキイ』埴谷雄高・大島かおり・川崎浹訳、みすず書房、1987。

小林秀雄『ドストエフスキイの生活』新潮文庫、1964。

清水速雄『ペテルブルグの夢想家　評伝ドストエフスキイⅠ』中央公論社、1972。

『埴谷雄高ドストエフスキイ全論集』講談社、1979。

新谷敬三郎「『白痴』を読む」白水社、1979。

西山邦彦『森鷗外とドストエフスキイ』啓文社、1980。

藤原藤男『ドストエフスキー』キリスト新聞社、1980。

原卓也『ドストエフスキー』講談社現代新書、1981。

清水孝純『ドストエフスキー・ノート』九州大学出版会、1981。

＊川端香男里『薔薇と十字架　ロシア文学の世界』青土社、1981。
＊小沼文彦『ドストエフスキーの顔』筑摩書房、1982。
＊中村健之介『ドストエフスキー　生と死の感覚』岩波書店、1984。
＊井桁貞義『ドストエフスキイ』（人と思想82）清水書院、1989。
＊新装版文芸読本『ドストエーフスキイ』Ｉ・II、河出書房新社、1984。
＊現代のエスプリNo.164『ドストエーフスキイ』編集・解説　遠丸立、至文堂、1981年3月。
＊『ドストエーフスキイ研究』創刊号、海燕書房、1984年２月。
＊ドリーニン編『ドストエフスキーの恋人スースロワの日記』中村健之介訳、みすず書房、1989。

〔美術関連〕

＊『Raffaello』（日本語版）James.H.Beck解説、若桑みどり訳、美術出版社、1976。
＊ヴァザーリ『ルネサンス画人伝』平川祐弘訳、白水社、1982。
＊モンタネッリ／ジェルヴァーゾ『ルネサンスの歴史　下』藤沢道郎訳、中央公論社、1982。
＊『ラファエルロ』（新潮美術文庫３）日本アート・センター編、若桑みどり筆、1975。
＊塚田敢『色彩の美学』＜新装版＞紀伊國屋書店、1978。
＊ベレンソン『ルネッサンスのイタリア画家』日本版監修　矢代幸雄ほか、新潮社、19
＊『レオナルド／ミケランジェロ／ラファエロ／ボッティチェルリ』（ファブリ・研秀世界美術全集第２巻）研秀出版、1978。
＊『ラファエロとヴェネツィアの絵画』（グランド世界美術　第12巻）講談社、1977。
＊『ラファエルロ』高階秀爾解説、美術出版社、1970。
＊『ウフィツィ美術館』講談社版世界の美術館、摩寿意善郎編著、1967。
＊ブルーノ・サンティ『ラファエロ』（イタリア・ルネサンスの巨匠たち20）石原宏訳、東京図書、1995。
＊『キリスト教美術図典』柳宗玄／中森義宗編、吉川弘文館、1990。
＊ジェイムズ・ホール『西洋美術解読事典』高階秀爾監修、高橋達史ほか訳、河出書房新社、1988。
＊スーザン・ウッドフォード『絵画の見方』（ケンブリッジ　西洋美術の流れ８）高橋○子訳、岩波書店、1989。
＊『美術のヨーロッパ　美術館と遺跡をたずねて』金田民夫ほか、創元社、1972。
＊『ベリー侯の豪華時禱書』中央公論社、1989。
＊Roger Wood≪L' Egypte en couleurs≫Arthaud, Paris, 1965。
＊『北方ルネサンス』（世界美術大全集　第14巻）小学館、1995。
＊『ルーヴル美術館II』（世界の美術館　第２巻）講談社、1965。
＊クリスチャン・エック『グリューネヴァルト　イーゼンハイムの祭壇画』岡谷公二訳、新潮社、1993。
＊『ロシア近代絵画の至宝～トレチャコフ美術館展～』（カタログ）NHK、1993。

〔その他〕
アト・ド・フリース『イメージ・シンボル事典』山下主一郎ほか共訳、大修館書店、1984。
B.P.トーキン、神山恵三共著『植物の不思議な力＝フィトンチッド』講談社、1980。
『聖書』（世界の名著12）責任編集前田護郎、中央公論社、1968。

『カトリック大辞典』冨山房、1960。

セルバンテス『ドン・キホーテ』全4巻、会田由訳、晶文社、1985。

『新集世界の文学5　シラー、クライスト』小宮曠三ほか訳、中央公論社、1972。

ラブレー『第四之書パンタグリュエル物語』渡辺一夫訳、ワイド版岩波文庫、1991。

『能鑑賞案内』（岩波講座　能・狂言VI）岩波書店、1989。

トマス・ブルフィンチ『中世騎士物語』大久保博訳、角川文庫、1974。

和田静郎『ルーレット』虹有社、1973。

アルセーニエフ『デルスー・ウザーラ』長谷川四郎訳、河出書房新社、1975。

初出一覧

＊『白痴』における「緑」の持つ意味――ドストエフスキイとラファエロ――（昭和63年度放送大学卒業研究論文）驢馬出版、1989年。

＊『白痴』における「緑」の持つ意味――ドストエフスキイとラファエロ――RUSISTIKA VII、東京大学文学部露文研究室年報 1990 所収。

＊ドストエフスキイとラファエルロ――『白痴』に見る《システィーナの聖母》のイメージ――、日本オリベッティ（現在 ジェトロニクス・オリベッティ）株式会社、SPAZIO　No.43（1991年6月）、No.44（1991年12月）、No.45（1992年7月）、No.46（1992年12月）所収。

著者紹介
冨岡 道子(とみおか・みちこ)
東京都生まれ。
アテネ・フランセ卒業。同ブルヴェェ終了。
放送大学卒業（人間の探究専攻)。
元　駐日フランス大使秘書。
現在　東京都立中央図書館音訳者。

緑色のカーテン ЗЕЛЁНАЯ ЗАНАВЕСКА

——ドストエフスキイの『白痴』とラファエッロ——

2001年8月20日　第1刷発行

本体2500円＋税——定価

冨岡道子——著者

西谷能英——発行者

株式会社未來社——発行所
東京都文京区小石川3-7-2
振替00170-3-87385
電話(03)3814-5521～4
http://www.miraisha.co.jp/
E-mail:info@miraisha.co.jp

図書印刷——印刷・製本

ISBN4-624-61035-0　C0098

森 洋子

ブリューゲルの「子供の遊戯」

〔遊びの図像学〕フランドル派の画家ブリューゲルの一枚の絵から社会的・民俗学的・宗教的意味を析出し、あわせて西欧子供観の通説を破った労作。一九八九年度サントリー学芸賞受賞　七五〇〇円

森 洋子

シャボン玉の図像学

「人間は泡沫なり」というヴァニタス(虚無)思想の寓意として、16～19世紀の西欧美術や文学に登場するシャボン玉を渉猟し、生の価値観を探る学際的な歴史研究。図版二三〇点収録。　五八〇〇円

吉屋 敬

ネーデルラント絵画を読む

絵画で読むオランダ文化史。15、16世紀の激動する社会を背景に、オランダがそのアイデンティティを確立していく過程をネーデルラント絵画を通して語る。壮大な人間ドラマ。　二四〇〇円

❖埴谷雄高 評論・対話集

〔評論集〕

振子と坩堝	一二〇〇円
石棺と年輪	一二〇〇円
蓮と海嘯	一八〇〇円
暈と極冠	一八〇〇円
雁と胡椒	一八〇〇円
虹と睡蓮	二五〇〇円
螺旋と蒼穹	二五〇〇円

〔対話集〕

黙示と発端	一二〇〇円
天啓と窮極	一二〇〇円
微塵と出現	一八〇〇円
覚醒と寂滅	一八〇〇円
超時と没我	二五〇〇円
跳躍と浸潤	二五〇〇円
瞬發と残響	二二〇〇円

(表示価格は税別)